Gunther
Schneider

Impulse

IDEM Verlagsgesellschaft mbH

Impressum

Gesamtherstellung Pro Print Atelier

Textgliederung
Sabine Kuhlemann

Typographie
Eckhard Gut

Illustration
Helmuth Salzwedel

Redaktion und technische Herstellung
Barbara Röleke

Lektorat
Sylvia Stern

Druck
Schertgens GmbH

Verlag
IDEM Verlagsgesellschaft mbH, von-Werner-Straße 4, 53572 Unkel am Rhein
Telefon: 0 22 24-93 65 0 · Fax: 0 22 24-93 65 20 · www. IDEM-GmbH.de

ISBN 3-936566-01-1

Einführung

Als Ergänzung zu »Beruf ist Leben« von Gunther Schneider legt der Autor diesen Reflexions- und Arbeitsband vor.

Die Kapitelgliederung ist in beiden Werken identisch, »Impulse« stellt Denkanstöße zu den Kapiteln des Hauptwerkes bereit. Durch dieselbe Themenabfolge wird dem Leser ein leichtes »Sich-Erarbeiten« der jeweiligen Denkanstöße und Aufgaben ermöglicht.

Auch Gruppenarbeit wird durch »Impulse« angeregt und mittels einer Frage-, Antwort- und Erkenntnis-Struktur gefestigt.

Beide Werke von Gunther Schneider bilden eine gegenseitig ergänzende Einheit, der Autor empfiehlt den Gebrauch beider Werke simultan zur Weiterbildung sozialer und humaner Kompetenz.

Ziel ist, die erfolgreiche Lebensgestaltung der Nutzer beider Werke zu steigern – zu Gunsten des individuellen Fortschritts in der Beziehungsgestaltung und auch zur Richtungsbestimmung in der Gruppe.

Erfolg in der Gruppe wird zum persönlichen Erfolg im Privaten, Familiären und Beruflichen führen.

»Doch,« so der Autor, »alles, was gedeihen soll, braucht Arbeit und Pflege.«
Für die Arbeit des Vermögensberaters sind Gunther Schneiders »Impulse« als »Handbuch« zu seinem Ratgeber »Beruf ist Leben« das ideale Mittel.

Inhalt

Kapitel	1	Wachwerden und Achtsamkeit	5 - 9
	1.1	Neu-Seh-Land	11 - 17
Kapitel	2	Lernen	19 - 23
	2.1	Sich Wandeln	25 - 29
	2.2	Grundüberzeugungen und Prinzipien	30 - 33
Kapitel	3	Entfaltung	35 - 38
	3.1	Beruf als Lebensschule	39 - 43
	3.2	Fremdbestimmung und Selbstverantwortung	44 - 49
	3.3	Selbstwerdung und Selbstverwirklichung	51 - 57
Kapitel	4	Erfolg und Leistung	58 - 63
	4.1	Leben als Abenteuer	64 - 67
	4.2	Umgang mit Hindernissen	68 - 73
	4.3	Flucht	74 - 78
Kapitel	5	Sinn im Leben und Beruf	79 - 82
	5.1	Identifikation	83 - 86
Kapitel	6	Angst und Sorgen	87 - 92
	6.1	Pessimismus	93 - 97
	6.2	Freiheit und Lebenskunst	98 - 105
Kapitel	7	Motivation	106 - 109
Kapitel	8	Entschiedenheit	111 - 115
Kapitel	9	Ziele	116 - 119
	9.1	Umgang mit Zeit	120 - 123
Kapitel	10	Selbstwertgefühl	124 - 127
	10.1	Ideale und Idealisierungen	129 - 133
Kapitel	11	Lebensenergie und Wille	134 - 137
	11.1	Gesundheit	138 - 143
	11.2	Mangelsituation	144 - 149
	11.3	Stress und Burn out	150 - 155
Kapitel	12	Ich - Du	157 - 161
	12.1	Beziehungen	162 - 169
	12.2	Beziehungsstörungen	170 - 175
Kapitel	13	Kommunikation	176 - 181
	13.1	Kommunikationsstörungen	182 - 186
Kapitel	14	Emotionen	187 - 190
Kapitel	15	Selbsterkenntnis	191 - 194
	15.1	Identität	195 - 198
Kapitel	16	Auf dem Weg sein	199 - 204
		Zum guten Schluss	205

Kapitel 1

Wachwerden und Achtsamkeit

1/1

Geld oder Leben!

Ein wohlhabender Mann erzählte eines Tages dem Meister, dass er dem Drang, Geld zu verdienen, mit dem besten Willen nicht widerstehen könne.
»Nicht einmal um den Preis von Lebensfreude, bedauerlicherweise«, sagte der Meister. »Ich spare mir die Lebensfreude für meine alten Tage auf«, sagte der wohlhabende Mann. »Sofern du noch alte Tage haben wirst«, sagte der Meister und erzählte die Geschichte vom Straßenräuber, der kurzen Prozess machte: »Geld oder Leben!«
Sagte das Opfer: »Nimm mein Leben. Ich hebe mir mein Geld für meine alten Tage auf.«

Wege zur Achtsamkeit · Anthony de Mello

1/2

Ich kann lernen zu mir selbst zu stehen.
Dazu bedarf es großer Achtsamkeit im Alltag.

Wie verhalte ich mich konkret?

Wo bin ich ich selbst und wo habe ich den Eindruck, mir fremd zu sein?

1/3

Viele Menschen leben wie im Schlaf, sie leben in einer Welt voller Illusionen, sie machen sich etwas vor, sie sind nicht in Berührung mit der Wirklichkeit. Morgens wehren sie sich dagegen aufzuwachen und aufzustehen. Es ist viel schöner, weiter zu dösen, weiter in Traumbildern zu leben.

Warum ist diese Haltung so gefährlich? Vielleicht auch für mich?

Der indische Jesuit de Mello meint: »**Versuche heute wach durch den Tag zu gehen.**«

1/4

Wenn du jetzt bejahst, was ist, hast du es schon zum Positiven verwandelt. Darum wende dich mit ungeteilter Aufmerksamkeit dem zu, was gerade ist. Weile im Hier und Jetzt!

»Nicht der Mensch hat am meisten gelebt, der am ältesten ist und am meisten Jahre zählt, sondern der, welcher sein Leben am meisten empfunden hat.«

Jean Jacques Rousseau

1/5

Erkenne ich utopische Vorstellungen bei mir, die ich nicht aufgeben möchte?

Warum halte ich daran fest?

Was ist das Schädliche daran?

1/6

Welche Illusionen sind mir bereits genommen worden?

a) beruflich

b) privat

Was ist jetzt statt dessen eingetreten?

1/7

Welche Routinen bestimmen mein Handeln?

a) beruflich b) privat

Welche Vorteile bringt mir das?

Was sollte ich bewusster tun?

1/8

Wie achtsam bin ich?

☐ im Umgang mit meinen Gedanken/Gefühlen
☐ im Umgang mit mir selbst
☐ im Umgang mit anderen
☐ im Umgang mit Dingen
1 – sehr 2 – wenig 3 – unzulänglich

Was will ich wo konkret ändern?

1/9

Worauf richte ich den Schwerpunkt meiner Aufmerksamkeit, was erregt mein besonderes Interesse?

Private Lebensbereiche

Berufliche Lebensbereiche

1/10

Stellen Sie sich einen Patienten vor, der zum Arzt geht und ihm sagt, woran er leidet. Der Arzt sagt: »Ja, Ihre Symptome kenne ich sehr gut. Wissen Sie, was ich jetzt tun werde? Ich verschreibe Ihnen eine Arznei für Ihren Nachbarn.« Der Patient erwidert: »Vielen Dank Herr Doktor, das wird mir sehr helfen.«

Ist das nicht absurd? Aber so handeln viele. Derjenige, der schläft, denkt immer, es würde ihm besser gehen, wenn ein anderer aufwacht.

Ich leide an mir, aber ich denke mir: »Wie schön könnte das Leben sein, wenn die anderen sich ändern würden; wie schön könnte das Leben sein, wenn mein Nachbar sich änderte, oder meine Frau, oder mein Chef.«

Anthony de Mello

Kenne ich diese Gefühle?

1/11

Auf welche Widerstände muss ich mich einstellen, wenn ich wach geworden bin?

Muss ich Kursänderungen vornehmen?

Wie stark fühle ich mich dabei?

Wie schwach fühle ich mich dabei?

1/12

Habe ich des öfteren den Eindruck, den Mächten im Inneren oder Äußeren ausgeliefert zu sein?

Was sind die Ursachen?

Was würde sich ändern, wenn ich eigenmächtiger wäre?

Was wäre dann zu tun?

1/13

Neige ich zu Symptombehandlung statt die hinter den Symptomen stehenden Probleme anzupacken?

Warum suche ich den leichtesten Weg?

Was will ich daran ändern?

1/14

Die Umwelt hat oft ein großes Interesse daran, dass wir nicht wachwerden. Wir sind schlafend leichter zu manipulieren.

Erkenne ich solche Situationen?

Wer hat ein besonderes Interesse daran, dass ich nicht aufwache?

1/15

In welchem persönlichen Gefängnis habe ich mich bequem eingerichtet bzw. mit welcher unguten Situation habe ich einen »faulen Frieden« geschlossen?

Warum?

Was wäre besser?

1/16

Wenn ich zurückdenke, erkenne ich Situationen, in denen ich unachtsam gewesen bin?

Welche Folgen hatte diese Unachtsamkeit für mich?

1/17

Wie sieht z. B. die Hierarchie meiner Aufmerksamkeit aus?

Was steht ganz oben?

Was fehlt oder was steht weit unten?

a) privat b) beruflich

Müsste ich im Sinne meines »Wohlergehens« einiges umgewichten?

1/18

Kenne ich einige Wahrnehmungsfilter, durch die ich die Welt betrachte und bewerte?

Wie heißen sie?

Woran hindern sie mich?

1/19

Bin ich mir bewusst, dass ich sehr oft meine Aufmerksamkeit auf die negativen Aspekte richte und die positiven übersehe?

Was will ich daran ändern?

1/20

Welche Vorteile liegen für mich in größerer Achtsamkeit?

a) im Leben

b) im Beruf

und was sind die Nachteile der Unachtsamkeit?

1/21

Bin ich mir bewusst, nach welchem inneren Drehbuch ich lebe?

Erkenne ich Normen (anderer) von denen ich mich bestimmen lasse?

Welche sind das?

1/22

Wie bewusst lebe ich?

Wie bewusst gestalte ich meinen Beruf?

Wie achtsam gehe ich mit meiner Zeit um?

Resümee

Was war für mich das besonders Wertvolle dieses Kapitels (neue Einsichten – Aha-Erlebnis, tiefere Berührung, Verstärkung)?

Welche Schlussfolgerungen ziehe ich daraus?

Was sind die nächsten (kleinen) Schritte bei der Umsetzung in meinem Leben/Beruf?

A

Was habe ich in den letzten Monaten wirklich ändern können?

Wie sieht die innere/äußere Bilanz meiner Verhaltensänderung aus?

Was habe ich dabei über mich gelernt?

B

Was ist mir noch nicht gelungen, wobei muss ich Geduld mit mir haben?

Was bleibt noch zu tun?

C

Was gelingt mir in der Umsetzung in meinem Beruf besonders gut?

Worüber freue ich mich?

D

Was gelingt mir in der Umsetzung in meinem Privatleben besonders gut?

Worüber freue ich mich?

E

Welche Reaktionen habe ich bei meinen Mitmenschen durch meine Veränderung hervorgerufen?

Wie bin ich damit umgegangen?

Was habe ich dabei gelernt?

F

Erlebe ich mich auf einem guten und förderlichen Weg?

Muss ich Kurs-Korrekturen vornehmen?

Welcher Art?

G

Wie sieht mein Stimmungsbarometer aus?

Zuversichtlich?

Pessimistisch?

Wie gehe ich damit um?

Kapitel 1.1

Neu-Seh-Land

1.1/1

Eine hilfreiche Selbstbefragung lautet:
1. Ist das was ich jetzt tue, lasse, denke, fühle lebensförderlich oder lebensmindernd?
2. Ist es daher vom guten oder bösen Geist bestimmt?
3. Ist es klug oder unklug?

Dabei leitet mich die Überzeugung:
Es ist klug, weil gesund erhaltend, sinnvoll und nutzbringend wenn ich moralisch und ethisch integer handle.

1.1/2

Wir alle haben Verletzungen erlitten, sind enttäuscht worden, haben Niederlagen hinnehmen müssen, haben Leid erfahren.

Ich kann darüber zeitlebens traurig oder verbittert sein.
Ich kann aber auch anders mit meinen schlechten Erfahrungen umgehen.
Ich kann mich bemühen, sie in einem neuen, anderen Licht zu sehen, etwa so:

Warum musste ich dies alles erleiden?

Warum musste es erst soweit kommen?

Kann ich darin nicht auch Sinnvolles, vielleicht sogar Wertvolles für mich entdecken?

Musste es nicht sogar erst so weit kommen, damit sich die Dinge für mich zum Guten wenden können?

1.1/3

Um Neu-Seh-Land zu erleben, müssen wir wieder »**Schauen**« lernen.
Beginnen wir diesen Lernprozess in der Natur. Lassen wir auf uns wirken, was sich dort an Wunderbarem ereignet, zu jeder Tageszeit, zu jeder Jahreszeit.

Goethe sagte so wunderbar: »Zum Sehen geboren, zum Schauen bestellt.«

Wann beginne ich mit dem neuen Programm des Schauens?

1.1/4

Beim Umgang mit unangenehmen Gedanken/Erfahrungen besteht die Gefahr der Umdeutung, d. h. dem Ganzen eine annehmbare Deutung zu geben.
Dieses Verhalten führt von der Realität weg mit all den negativen Folgen.

Wie gehe ich mit den negativen Dingen des Lebens um?

Neige ich dazu, Schmerz und Frust zu vermeiden, zu Lasten einer Realitätsanpassung?

1.1/5

Wer aufgewacht ist, wird nicht länger Halt im Außen suchen.
Er wird aufhören, die Verbesserung einer für ihn unguten Situation ausschließlich in der Veränderung der äußeren Umstände zu sehen.

Was wird er stattdessen tun?

1.1/6

Sehen, Wahrnehmen ist die Voraussetzung von Verstehen.
Betrachten ist noch mehr. Durch die Betrachtung versuchen wir über das Verstehen hinaus, die Botschaft auf uns wirken zu lassen und unsere Haltung zu ändern. Im ersten Schritt ist der Verstand gefragt, in der Betrachtung kommt der Wille hinzu. Besonders die Umsetzung von Erkenntnissen aus der Betrachtung in die Tat braucht den Willen.

Wie ist meine Ausstattung dazu und was muss ich zum Gelingen einüben?

1.1/7

Warum muss ich mit Umdeutungen vorsichtig zu Werke gehen?

Wozu neige ich?

1.1/8

Nennen Sie konkrete Beispiele aus privaten und beruflichen Bereichen,

a) bei denen Umdeuten besonders wertvolle Auswirkungen hätte,

b) bei denen Umdeuten negative Folgen hatte.

1.1/9

Lob ist nicht gleich Lob.

Welche gravierenden Unterschiede kennzeichnen beide Arten von Lob und welche unterschiedlichen Auswirkungen haben sie?

1.1/10

Was sind die großen Vorteile von

a) loben

b) danken

Wozu führen sie?

1.1/11

Es gibt Umdeutungen die

a) sehr hilfreich sind und es gibt Umdeutungen die

b) sehr schädlich sind.

Was sind die Merkmale von a) und was von b)?

1.1/12

Welche Vorteile erwachsen für mich daraus, wenn ich das Gute besser sehen lerne?

Was verändert sich?

1.1/13

Mache ich mich doch einmal auf, den Nächsten, den ich nicht mag, neu zu sehen, Gutes am ihm zu entdecken.

Was wird dadurch alles geschehen?

1.1/14

Welche Götzenbilder verstellen mir den Blick für eine offene Sicht – wen oder was habe ich zu meinen Götzen gemacht (die ich anbete)?

Was will ich tun, um mich davon zu befreien?

Welche Vorteile brächte mir diese Verabschiedung von meinen Götzen?

1.1/15

Wie gehe ich konkret vor in der Absicht, mich anzunehmen wie ich bin?

Was tue ich?

Auf was stelle ich mich dabei ein?

1.1/16

Welche Auswirkungen hat es, bezogen auf mein Leben und auf meinen Beruf, wenn ich mich und meine Lebensgeschichte in einem neuen Licht sehe?

1.1/17

Wenn ich jetzt bewusst meinen Lebensweg anschaue, so frage ich mich:

Was kann ich an diesem Weg neu, in einem neuen (positiven) Licht sehen?

Welche Ereignisse im Besonderen?

1.1/18

Wie beschreibe ich meinen Aufbruch nach Neu-Seh-Land?

Was erwarte ich für mich dabei?

Wie stark ist mein Wunsch, neu sehen zu wollen?

Welche Voraussetzungen sind günstig, um Sehen zu lernen?

Welche Widerstände muss ich überwinden?

1.1/19

Was kann ich bezüglich des Sehens von kleinen Kindern lernen?

Welche Fähigkeiten habe ich mir erhalten, welche habe ich verloren?

1.1/20

Was geschieht, wenn Menschen aufeinander treffen, die ihre Sicht für die (einzig) richtige halten?

Wie will ich mich in solchen Situationen verhalten?

1.1/21

Wir sind in gewisser Hinsicht alle Brillenträger – mit sehr verschieden getönten Gläsern.

Welche Brille trage ich und wie wird mein Verhalten dadurch beeinflusst?

Welche Konsequenzen will ich aus dieser Einsicht ziehen?

1.1/22

Die objektive Wirklichkeit gibt es nicht.

Meine Wirklichkeit ist immer eine von mir gedeutete Wirklichkeit.

Was löst diese Aussage in mir aus?

Welche Folgerungen ziehe ich aus dieser Erkenntnis?

1.1/23

Was werde ich gewinnen, wenn ich mir die Haltung von Papst Johannes XXIII zu eigen mache:

»Alles wahrnehmen, das meiste vorübergehen lassen und nur weniges annehmen.«

Was tue ich, um mir die Haltung zu Eigen zu machen?

1.1/24

Ich frage mich:
1. Was sehe ich jetzt bereits in einem anderen Licht?
2. Wo will ich noch genauer hinschauen?

Welche Bereiche meines Lebens/Berufs will ich unter diesen beiden Aspekten bewusst betrachten? Mich selbst/meine Beziehungen?
Meinen Beruf/mein Privatleben?
Meine Vergangenheit?

1.1/25

Was macht es mir so schwer, neu zu sehen?

Bin ich zu sehr festgelegt?

Wo will ich nicht hinschauen?

Kann ich vorurteilsfrei Menschen/Situationen betrachten?

Welche Illusionen möchte ich nicht aufgeben?

1.1/26

Fremdbild
Was macht mir andere Menschen sympathisch/unsympathisch?
Was schließe ich daraus?

Selbstbild
Was macht es mir so schwer, mich zu bejahen, was mag ich an mir nicht?
Woher kommt dieses Bild?
Ist es wirklich real?

1.1/27

Je nach Standpunkt. Verzerrte Wahrnehmung

Anhänglichkeit verzerrt unsere Wahrnehmung – ein Thema, dem sich der Meister in seinen Vorträgen immer wieder widmet.
Eines Tages erhielten die Schüler darüber einen einleuchtenden Anschauungsunterricht, als sie hörten, wie der Meister eine Mutter fragte:
»Wie geht es deiner Tochter?«
»Ach, meine liebe Tochter! Sie hat wirklich Glück! Ihr Mann ist wunderbar.
Er hat ihr ein Auto geschenkt, jeden Schmuck, den sie sich wünscht, auch mehrere Dienstmädchen angestellt. Er bringt ihr das Frühstück ans Bett, und sie steht nicht vor Mittag auf. Ein wirklicher Prinz von einem Mann!«
»Und wie geht´s deinem Sohn?«
»Der arme Junge! Was für eine Plage von Frau hat er geheiratet. Er hat ihr ein großes Auto gekauft, jeden Schmuck, den sie sich wünscht, und obendrein ein Heer von Dienstmädchen angestellt. Und sie weiß nichts anderes zu tun, als bis Mittag im Bett zu liegen. Nicht einmal das Frühstück richtet sie ihm!« Anthony de Mello

1.1/28

Sich mit einem Drachen anfreunden

Ein Mann suchte einen Psychiater auf und sagte ihm, er werde jede Nacht von einem über dreißig Meter langen Drachen mit drei Köpfen besucht.
Er war ein Nervenbündel, konnte nicht mehr schlafen und war am Rande eines Zusammenbruchs. Sogar an Selbstmord hatte er schon gedacht.

»Ich glaube ich kann Ihnen helfen«, sagte der Psychiater, »aber ich muss Sie warnen, es wird ein oder zwei Jahre dauern und 30.000 Dollar kosten.«
»30.000 Dollar!«, rief der Mann. »Vergessen sie es! Ich werde einfach nach Hause gehen und mich mit dem Drachen anfreunden.«

Warum tue ich das so nicht auch?

1.1/29

Warum der Schäfer jedes Wetter liebt

Ein Wanderer: »Wie wird das Wetter heute?«
Der Schäfer: »So, wie ich es gerne habe.«
»Woher wisst Ihr, dass das Wetter so sein wird, wie Ihr es liebt?«
»Ich habe die Erfahrung gemacht, mein Freund, dass ich nicht immer das bekommen kann, was ich gerne möchte. Also habe ich gelernt, immer das zu mögen, was ich bekomme. Deshalb bin ich ganz sicher: Das Wetter wird heute so sein, wie ich es mag.«

Was immer geschieht, es liegt an uns, Glück oder Unglück darin zu sehen.

Anthony de Mello

Was kann ich daraus für meine Einstellung zum Leben lernen?

1.1/30

Glück oder Pech? – Wer weiß?

Eine chinesische Geschichte erzählt von einem Bauern, der ein altes Pferd für die Feldarbeit hatte. Eines Tages entfloh das Pferd in die Berge und als alle Nachbarn des Bauern sein Pech bedauerten, antwortete er: »Pech? Glück? Wer weiß?« Eine Woche später kehrte das Pferd mit einer Herde Wildpferde aus den Bergen zurück, und diesmal gratulierten die Nachbarn dem Bauern wegen seines Glücks. Seine Antwort hieß: »Glück? Pech? Wer weiß?«
Als der Sohn des Bauern versuchte, eines der Wildpferde zu zähmen, fiel er vom Rücken des Pferdes und brach sich ein Bein. Jeder hielt das für ein großes Pech. Nicht jedoch der Bauer, der nur sagte: »Pech? Glück? Wer weiß?«
Ein paar Wochen später marschierte die Armee ins Dorf und zog jeden tauglichen jungen Mann ein, den sie finden konnte. Als sie den Bauernsohn mit seinem gebrochenen Bein sahen, ließen sie in zurück.

War das nun: Glück? Pech? – Wer weiß?

1.1/31

Die Menschen glauben gern, was sie wünschen.

Julius Caesar

Wieweit unterliege ich diesem Wunschdenken?

1.1/32

Innehalten und Schauen bewahrt uns vor aktivistischem Leerlauf und führt zu Offenheit und Kreativität.

Wie verhalte ich mich?

Was werde ich als erstes tun?

Was muss ich besonders einüben?

Resümee

Was war für mich das besonders Wertvolle dieses Kapitels (neue Einsichten – Aha-Erlebnis, tiefere Berührung, Verstärkung)?

Welche Schlussfolgerungen ziehe ich daraus?

Was sind die nächsten (kleinen) Schritte bei der Umsetzung in meinem Leben/Beruf?

A

Was habe ich in den letzten Monaten wirklich ändern können?

Wie sieht die innere/äußere Bilanz meiner Verhaltensänderung aus?

Was habe ich dabei über mich gelernt?

B

Was bleibt noch zu tun?

Was ist mir noch nicht gelungen, wobei muss ich noch Geduld mit mir haben?

C

Was gelingt mir in der Umsetzung in meinem Beruf besonders gut?

Worüber freue ich mich?

D

Was gelingt mir in der Umsetzung in meinem Privatleben besonders gut?

Worüber freue ich mich?

E

Welche Reaktionen habe ich bei meinen Mitmenschen durch meine Veränderung hervorgerufen?

Wie bin ich damit umgegangen?

Was habe ich dabei gelernt?

F

Erlebe ich mich auf einem guten und förderlichen Weg?

Muss ich Kurs-Korrekturen vornehmen?

Welcher Art?

G

Wie sieht mein Stimmungsbarometer aus?

Zuversichtlich?

Pessimistisch?

Wie gehe ich damit um?

Kapitel 2

Lernen

2/1

Wie zeitnah (realitätsgerecht) sind meine alten Erfahrungen?

Welche sollte ich unbedingt auf den Prüfstand stellen?

2/2

Fange nie an aufzuhören und höre nie auf anzufangen.

Will ich dies zu meiner Lebenshaltung machen?

Welche Konsequenzen ergeben sich für mich daraus?

2/3

Das Leben bietet Lernchancen – bei deren Nichtbeachtung erfolgt jedoch Zwangsbelehrung.

Erkenne ich das an?

Wo habe ich selbst »Quittungen« des Lebens erhalten?

Welche Schlussfolgerungen ziehe ich daraus?

2/4

Wie offen bin ich, um aus Fehlern zu lernen – oder schiebe ich die Schuld lieber auf andere?

Bin ich gar ein »Wiederholungstäter«, d. h. mache ich die gleichen Fehler immer wieder?

Welche Fehler sind es und was kann ich dagegen unternehmen?

2/5

Ich denke über Beispiele nach, in denen ich erfahren habe,
dass das **Leben der beste Lehrmeister** ist.

Welche Folgerungen ziehe ich daraus?

2/6

Wie lernbereit/lernwillig bin ich?

Mit welchen inneren Widerständen kämpfe ich, welche sind die stärksten?

Was ist zu tun, um effektiver zu lernen?

2/7

Wie lerne ich?
Mehr gefühlsbetont oder mehr rational –
lerne ich mehr, um mir geistigen Besitz anzueignen
oder um des Erlebnisses willen.

2/8

Nennen Sie drei Motive des persönlichen Lernens.

1.

2.

3.

Welches ist das Hauptmotiv meiner Bemühungen?

2/9

Ein junger, intelligenter Mann glaubte, alles aus Büchern lernen zu können.

Er las viel über Sterne und wurde Astronom.
Er las viel über Geschichte und wurde Historiker.
Er las viel über das Schwimmen und ertrank.

Wie interpretiere ich das für mein Verhalten?

2/10

Ein Schüler klagte einmal:
»Du erzählst uns Geschichten, aber du enthüllst uns nie ihren Sinn.«
Da sprach der Meister: »Wie fändest du es, wenn dir jemand Früchte anböte,
sie aber zerkaute, bevor er sie dir gäbe?« Anthony de Mello

Niemand kann Ihren Sinn für Sie finden. Sie müssen Ihre Frucht schon selbst essen!

Was bedeutet das für mich?

2/11

Bepflanze deinen Garten, bewässere deine Seele. Vom Zwang zur Freiheit.

Bald lernst du den feinen Unterschied, eine Hand zu halten oder eine Seele anzuketten; und du lernst, dass Liebe nicht Anlehnung bedeutet und Gemeinschaft nicht Sicherheit. Und du lernst, deine Niederlagen anzunehmen, mit erhobenem Kopf und offenen Augen, mit der Würde des Schülers und nicht mit dem Trotz eines Kindes. Und du lernst, dass in der Dunkelheit des Kämpfers sich Annahme und Ergebung vermählen, um dich mit neuem Leben zu erfüllen. Und mit der Zeit lernst du, dass selbst der Sonnenschein brennt, wenn du ihm zu lange ausgesetzt bist. So bepflanze deinen eigenen Garten und bewässere deine eigene Seele, statt auf jemanden zu warten, der dir Blumen bringt.

Und du bist wirklich stark. Und du bist wirklich wertvoll.
Und du lernst und lernst ..., so sicher der Morgen kommt ..., du lernst.

Autor unbekannt

2/12

Blasen am Ohr des Betrunkenen
Ein Betrunkener mit Brandblasen an beiden Ohren ging auf der Straße spazieren.
Ein Freund fragte ihn, wie er sich diese Blasen zugezogen habe. »Meine Frau hatte ihr heißes Bügeleisen noch angeschaltet, und als das Telefon läutete, hob ich versehentlich das Eisen ans Ohr.« »Ja, und das andere Ohr?« – »Der Idiot rief noch mal an.«

Was lerne ich daraus für mich?

2/13

Was wir hören und sehen kommt erst zum Leben, wenn es durch die eigene Erfahrung verstärkt wird.

Will ich das stärker beherzigen?

2/14

Geduld und Ausdauer

Geduld hatte zum Beispiel Benjamin Franklin (1706-1790), der nordamerikanische Staatsmann und Naturwissenschaftler.
Als er gefragt wurde, warum er eine Sache trotz großer Hindernisse nicht aufgebe, sagte er: »Haben Sie schon mal einen Steinmetz bei der Arbeit beobachtet? Er schlägt vielleicht hundertmal auf die gleiche Stelle, ohne dass auch nur der kleinste Riss sichtbar würde. Aber dann, beim hundertundersten Schlag springt der Stein plötzlich entzwei. – Es ist jedoch nicht dieser eine Schlag, der den Erfolg bringt, sondern die hundert, die ihm vorhergingen.«

Welche Gedanken löst diese Geschichte bei mir aus?

Wie ist mein eigenes Verhalten?

2/15

Leben lernen

Als der Sohn eines Einbrechers merkte, dass sein Vater alt wurde, sagte er: »Vater lehre mich dein Handwerk, damit ich die Familientradition fortsetzen kann, wenn du in den Ruhestand trittst.«

Der Vater antwortete nicht, nahm aber in der Nacht den Jungen mit, als er in ein Haus einbrach. Als sie drinnen waren, öffnete er einen Wandschrank und ließ seinen Sohn nachgucken, was sich im Schrank befand. Sobald der Junge drin war, schlug der Vater die Tür zu, verriegelte sie und machte dabei einen solchen Lärm, dass das ganze Haus aufwachte. Dann schlich er sich still davon. Der eingeschlossene Junge war erschrocken und wütend und zerbrach sich den Kopf, wie er heraus kommen könnte. Dann hatte er eine Idee. Er ahmte den Laut einer Katze nach. Darauf entzündete einer der Diener eine Kerze und öffnete den Schrank, um die Katze heraus zu lassen. Im gleichen Augenblick sprang der Junge heraus, und alle rannten hinter ihm her.
Da sah er neben der Straße einen Brunnen, ergriff einen großen Stein, warf ihn hinein und versteckte sich im Dunkeln. Dann schlich er sich davon, während seine Verfolger in die Tiefe des Brunnens starrten, in der Hoffnung, dass der Einbrecher dort ertrunken sei.

Zu Hause angekommen, vergaß der Junge seinen Ärger vor lauter Eifer, seine Geschichte zu erzählen. Aber sein Vater sagte: »Wozu die Geschichte? Du bist hier. Das genügt. Du hast das Handwerk gelernt.«

2/16

Woran liegt es, dass es mir oft so schwer fällt, mich auf Neues einzulassen/Neues zu lernen?

Mit welchen Widerständen habe ich zu kämpfen?

2/17

Wie steht es bei mir um die »Lerntugenden« Ausdauer, Geduld, Wiederholen und Einüben?

Wie fange ich an, Lerndefizite abzubauen?

2/18

Welche Form des Lernens bevorzuge ich?

a) Das Haben-Lernen	um etwas zu besitzen.
b) Das Erlebnis-Lernen	um Neugierde zu befriedigen/aus Abenteuerlust.

2/19

Wo bestimmen noch kindhafte Erlebnisse/Einstellungen mein Verhalten?

Was wäre erwachsener in meinem Verhalten?

Wie kann ich dieses Ziel erreichen?

2/20

»**Erfahrung macht dumm**«, eigentlich stimmt das Gegenteil, allerdings können Erfahrungen uns auch hindern Neues zu erleben.

Welche Erfahrungen habe ich mit beidem gemacht?

Resümee

Was war für mich das besonders Wertvolle dieses Kapitels
(neue Einsichten – Aha-Erlebnis, tiefere Berührung, Verstärkung)?

Welche Schlussfolgerungen ziehe ich daraus?

Was sind die nächsten (kleinen) Schritte bei der Umsetzung in meinem Leben/Beruf?

A

Was habe ich in den letzten Monaten wirklich ändern können?

Wie sieht die innere/äußere Bilanz meiner Verhaltensänderung aus?

Was habe ich dabei über mich gelernt?

B

Was bleibt noch zu tun?

Was ist mir noch nicht gelungen, wobei muss ich noch Geduld mit mir haben?

C

Was gelingt mir in der Umsetzung in meinem Beruf besonders gut?

Worüber freue ich mich?

D

Was gelingt mir in der Umsetzung in meinem Privatleben besonders gut?

Worüber freue ich mich?

E

Welche Reaktionen habe ich bei meinen Mitmenschen durch meine Veränderung hervorgerufen?

Wie bin ich damit umgegangen?

Was habe ich dabei gelernt?

F

Erlebe ich mich auf einem guten und förderlichen Weg?

Muss ich Kurs-Korrekturen vornehmen?

Welcher Art?

G

Wie sieht mein Stimmungsbarometer aus?

Zuversichtlich?

Pessimistisch?

Wie gehe ich damit um?

Kapitel 2.1

Sich Wandeln

2.1/1

Was will in mir aufblühen?

Wo liegen meine Sehnsüchte?

Was hält mich zurück?

2.1/2

Wozu neige ich? – Will ich innere Veränderungen erzwingen oder resigniere ich und gebe leicht auf?

Wieviel Geduld und Ausdauer vermag ich aufzubringen?

Worauf muss ich mein Augenmerk besonders richten?

2.1/3

Worin liegen die Gefahren für mich, wenn ich mich verändern will?

Welche Fallen könnte ich mir selbst stellen?

2.1/4

Was bedeutet für mich Veränderung/was Wandlung?

Worin liegen die Unterschiede?

2.1/5

Wie realistisch sind meine Vorstellungen von Veränderungen, die ich mir heute vornehme?

Privat? Beruflich?

Reichen meine Kräfte aus, die Veränderungen herbeizuführen?

Hilfreich ist dabei die Erstellung eines Stufenplanes – ich erstelle ihn schriftlich.

2.1/6

Wie schaffe ich mir ein Umfeld, das meine Bemühungen um Veränderung unterstützt und nicht blockiert?

Welche Veränderungen muss ich dazu herbeiführen?

2.1/7

Gewohnheiten erleichtern das Leben, sie können aber auch zu Fesseln werden.

- Welche (alten) Gewohnheiten spüre ich als Fesseln, die mich hindern weiter zu kommen?
- Von welchen befreie ich mich zuerst – Stück für Stück?
- Bei welchen muss ich mit großen Widerständen rechnen, wenn ich mich von ihnen zu befreien suche?

2.1/8

Wenn du ein Schmetterling werden willst, musst du deinen Raupenpanzer sprengen.

Was heißt das für mich?

Welche Konsequenzen ergeben sich daraus für mich?

2.1/9

Kann ich mir vorstellen, dass aus meinen »Schwächen« Stärke wird?

Bei welcher »Schwäche« kann ich es mir vorstellen, bei welcher nicht?

Mit welcher beginne ich den Wandel?
Welche Voraussetzungen muss ich dazu schaffen?
Wie gehe ich vor?
Was sind die ersten Schritte?

2.1/10

Ich stelle mir **fünf grundlegende Fragen für Veränderung**:
1. Wie wird mein Leben sein, falls ich mich verändere?
2. Worin stehe ich besser da, falls ich mich verändere?
3. Kann ich schaffen, was ich mir vornehme?
4. Was muss ich investieren, um die Veränderung zu erreichen?
5. Kann ich bei meiner Veränderung auf Unterstützung bauen oder muss ich gegen Widerstände kämpfen?

2.1/11

Oft versuchen wir gegen unsere Natur Veränderungen gewaltsam zu erzwingen.

Kenne ich solche Versuche?
Wie waren die Ergebnisse?

Gäbe es andere Verhaltensweisen, die sich an der Klugheit der Natur orientieren? –
Wie könnten die aussehen?

2.1/12

Veränderungen sind zumeist mit Schmerzen verbunden, die Angst machen.

Welche Veränderungen müsste ich vornehmen?

Vor welchen scheue ich zurück?

Welche (faulen) Kompromisse gehe ich lieber ein?

Welche Veränderung würde meinen jetzigen Zustand wesentlich verbessern?

2.1/13

Persönliche innere Verwandlungen

von Misstrauen zu Vertrauen
von Angst zu Mut
von Verstellung zu Echtheit
von Lähmung zu Lebendigsein
von Befangenheit zu Freiheit
von Eingeschlossenheit zu Offenheit
von Resignation zu Hoffnung
von Zerrissenheit zu Ganzheit
von Blindsein zu Hinsehen
von Taubheit zu Hinhören
von Stummsein zu Sprechen
von Gefühlsarmut zu Empfindsamkeit
von Kraftlosigkeit zu Entschlossenheit
von Wankelmut zu Disziplin
von Egoismus zu Großherzigkeit
von Überempfindlichkeit zu Einfühlsamkeit

Was fällt mir noch (zu mir) ein?

von   zu
von   zu

2.1/14

Nimm dich an.

Sei du die, die du bist. Sei du der, der du bist.
Erst dann fängst du an, zu werden, was du sein möchtest.

Versteh' deine Schwächen, erst dann kannst du mit ihnen arbeiten
und sie zu Stärken wandeln.

Setz' deine Schwächen so ein, dass du noch zerbrechlich bleibst
und niemanden unnötig abschreckst.

Achte auf deine Unsicherheiten, sie öffnen dir Wege in ein neues Land.

2.1/15

Bewusst leben – oder nur reagieren

Geben wir unserem Leben/Beruf keine eigene Richtung, so können beide von außen beherrscht werden und dem Ziel irgendeiner anderen treibenden Kraft dienen.

Wo werde ich noch in eine Richtung gelenkt, die nicht meine Richtung ist?

2.1/16

Nur was wir verstehen, lässt sich ändern. Was wir nicht verstehen und was uns nicht bewusst wird, verdrängen wir.

Wir sind immer Sklaven unserer Unbewusstheit.

2.1/17

Wandlung und Wachsen durch Achtsamkeit

Ohne Achtsamkeit bin ich nicht in Kontakt mit mir, meinen Gefühlen, meinen Anschauungen.

Ohne Achtsamkeit und Gewahrsein handele ich aus alten Gewohnheiten heraus, meine Reaktionen sind automatisches Verhalten.

Ich kann mich zwar so auch bewegen, ich kann auch Dinge schaffen – aber ich kann nicht lernen, mich zu wandeln, weiterzuentwickeln, zu wachsen und freier zu werden.

Nur wenn ich klar weiß, was meine inneren Hemmungen und Anschauungen sind, kann ich sie angehen.

Innere Achtsamkeit und Bewusstheit ist die Methode, die Klarheit bringt. Um meine Absichten und Verhaltensweisen aufgeben zu können, muss ich erst erkennen, dass ich sie habe.

Welche Konsequenzen ziehe ich für mich?

2.1/18

Bewusstsein führt zu Verhaltensänderung/Wandlung

Jedes Verhalten, das beachtet wird, wird auch verstärkt.

Menschen, die negativ gesehen werden, entwickeln sich nicht positiv.

Wer sich selbst und andere negativ erlebt, erzwingt die Bestätigung seiner Vorurteile.

Deswegen:

Die Aufmerksamkeit realitätsnah auf Positives lenken. Kleinigkeiten sind bereits Erfolge.

Ausdauer wird siegen, auch wenn sich keine Sofort-Erfolge einstellen.

Resümee

Was war für mich das besonders Wertvolle dieses Kapitels (neue Einsichten – Aha-Erlebnis, tiefere Berührung, Verstärkung)?

Welche Schlussfolgerungen ziehe ich daraus?

Was sind die nächsten (kleinen) Schritte bei der Umsetzung in meinem Leben/Beruf?

A

Was habe ich in den letzten Monaten wirklich ändern können?

Wie sieht die innere/äußere Bilanz meiner Verhaltensänderung aus?

Was habe ich dabei über mich gelernt?

B

Was bleibt noch zu tun?

Was ist mir noch nicht gelungen, wobei muss ich noch Geduld mit mir haben?

C

Was gelingt mir in der Umsetzung in meinem Beruf besonders gut?

Worüber freue ich mich?

D

Was gelingt mir in der Umsetzung in meinem Privatleben besonders gut?

Worüber freue ich mich?

E

Welche Reaktionen habe ich bei meinen Mitmenschen durch meine Veränderung hervorgerufen?

Wie bin ich damit umgegangen?

Was habe ich dabei gelernt?

F

Erlebe ich mich auf einem guten und förderlichen Weg?

Muss ich Kurs-Korrekturen vornehmen?

Welcher Art?

G

Wie sieht mein Stimmungsbarometer aus?

Zuversichtlich?

Pessimistisch?

Wie gehe ich damit um?

Kapitel 2.2

Grundüberzeugungen und Prinzipien

2.2/1

Prinzipien, die mich im Umgang mit mir und anderen leiten – Grundwerte

1. **Personale Würde**: Das strikte Verbot, sich selbst und andere Menschen zum reinen Mittel zu machen.
2. **Personale Freiheit**: Die Bereitschaft und Fähigkeit das eigene Leben selbstverantwortet zu gestalten und dies auch den anderen zuzugestehen.
3. **Gerechtigkeit**: Der feste Wille, im Handeln jedem sein Recht zuteil werden zu lassen, es ist dies zugleich das **Prinzip der Fairness**.
4. **Biophilie**: Fähigkeit und Bereitschaft, eigenes und fremdes Leben eher zu bereichern, denn zu mindern.
5. **Prinzip des Dienens**: Einen Beitrag zum Allgemeinwohl zu leisten.
6. **Prinzip der Qualität/Spitzenleistung**: Nicht mit Halbheiten zufrieden zu sein.
7. **Prinzip der Potenzialität/des Wachstums**: Der Wille zur Weiterentwicklung, immer mehr Potenzial freizusetzen sowie Talente zu entwickeln.
8. **Begleitende Prinzipien**: Geduld, Pflege, Ermutigung.

Werte sind Landkarten.

2.2/2

Worin liegt der Unterschied zwischen Grundeinstellungen und Prinzipienreiterei?

Was will ich vermeiden?

2.2/3

Überprüfe ich regelmäßig meine Grundeinstellungen auf ihre lebensfördernden/lebensmindernden Auswirkungen?

Welche Grundeinstellungen muss ich dringend aufgeben?

2.2/4

Es ist überaus lohnend, sich in Ruhe mit einigen Grundüberzeugungen zu befassen, die unser Leben, unsere Einstellung zum Beruf bestimmen:
Wie ist meine Grundeinstellung zum Beruf?
Wie ist meine Grundeinstellung zu meinem Partner?
Wie ist meine Grundeinstellung zu »meinem« Unternehmen?
Von welchen Wertvorstellungen lasse ich mich leiten?

Oberflächliche Betrachtungen helfen nicht weiter!

2.2/5

Ethische Prinzipien für Partnerschaft

1. Prinzip: Respektieren Sie die Gefühle Ihres Partners/Ihrer Partnerin

2. Prinzip: Betrachten Sie Ihren Partner/Ihre Partnerin nicht als Besitz

3. Prinzip: Respektieren Sie den Freiraum für die persönliche Entfaltung Ihres Partners/Ihrer Partnerin

4. Prinzip: Verhalten Sie sich so, dass Ihre Verantwortung für Ihre Partnerschaft spürbar bleibt

5. Prinzip: Zeigen Sie durch Ihr Handeln Ihre Vertrauenswürdigkeit

6. Prinzip: Leben Sie in Ihrer Partnerschaft so, dass Verzeihen zu einer sittlichen Form für Sie wird

7. Prinzip: Gestalten Sie Ihre Dialogkultur so, dass Kommunikation zur tragenden Gemeinsamkeit wird

8. Prinzip: Vermeiden Sie die Abwertung Ihres Partners/Ihrer Partnerin durch Ihr Verhalten

nach Baldur Kirchner

Wieweit gelingt mir dies im Einzelnen?

2.2/6

Durch welche Brillen betrachte ich,
a) meinen Beruf,
b) mein privates Leben,
c) meine Beziehungen?

Welche Folgen ergeben sich daraus?

Worauf muss ich besonders achten?

2.2/7

Worin liegt der wesentliche Unterschied zwischen einer Grundüberzeugung und einem Vorurteil?

Warum ist diese Unterscheidung für mein Verhalten so wichtig?

2.2/8

Woher habe ich meine Grundüberzeugungen von

a) meinem Beruf,
b) meinem Leben/ mir selbst?

Wer/ was haben die Überzeugungen herbeigeführt?

Wie weit stimmen diese tatsächlich?

2.2/9

Wie weit harmonieren meine Grundeinstellungen mit meinen wirklichen Bedürfnissen, Wünschen, Erwartungen, Interessen und Werten?

Wo fühle ich mich unsicher?

Wo bestehen Spannungen?

Was ist dann zu tun?

2.2/10

Weiß ich berufs- und lebensfördernde von schädigenden Prinzipien zu unterscheiden?

Nennen Sie unterschiedliche Merkmale.

Welche Prinzipien muss ich überprüfen bzw. aufgeben?

Welche stärker praktizieren?

2.2/11

Was bedeutet das »**Biophile-Postulat**« konkret für mein Handeln?

Was setze ich davon um?

Was vernachlässige ich?

2.2/12

Welche Vorteile bringt es mir, wenn ich mich von klaren, förderlichen Prinzipien (nicht von Vorurteilen) leiten lasse?

Mit welchen Nachteilen muss ich rechnen, wenn ich prinzipienlos lebe?

2.2/13

Bedenke ich hinreichend, dass mich meine Brille stark bei der Betrachtung und der Befolgung von Prinzipien beeinflusst?

Und dass wir alle unterschiedliche Brillen tragen?

Welche Erkenntnisse ziehe ich daraus?

Wann sind Prinzipien für das Zusammenleben dienlich und wann schädlich?

Resümee

Was war für mich das besonders Wertvolle dieses Kapitels (neue Einsichten – Aha-Erlebnis, tiefere Berührung, Verstärkung)?

Welche Schlussfolgerungen ziehe ich daraus?

Was sind die nächsten (kleinen) Schritte bei der Umsetzung in meinem Leben/Beruf?

A

Was habe ich in den letzten Monaten wirklich ändern können?

Wie sieht die innere/äußere Bilanz meiner Verhaltensänderung aus?

Was habe ich dabei über mich gelernt?

B

Was bleibt noch zu tun?

Was ist mir noch nicht gelungen, wobei muss ich noch Geduld mit mir haben?

C

Was gelingt mir in der Umsetzung in meinem Beruf besonders gut?

Worüber freue ich mich?

D

Was gelingt mir in der Umsetzung in meinem Privatleben besonders gut?

Worüber freue ich mich?

E

Welche Reaktionen habe ich bei meinen Mitmenschen durch meine Veränderung hervorgerufen?

Wie bin ich damit umgegangen?

Was habe ich dabei gelernt?

F

Erlebe ich mich auf einem guten und förderlichen Weg?

Muss ich Kurs-Korrekturen vornehmen?

Welcher Art?

G

Wie sieht mein Stimmungsbarometer aus?

Zuversichtlich?

Pessimistisch?

Wie gehe ich damit um?

Kapitel 3

Entfaltung

3/1

**Der Weg zum Nahen (zu mir),
ist für uns Menschen jederzeit
der weiteste und schwerste.**

M. Heidegger

3/2

Geduld haben

»Es geschah einmal, dass aus der Erde eine kleine Pflanze emporwuchs.
Sie freute sich so über das Licht und die Luft, dass sie sich mit allen Kräften entfaltete und größer und größer und größer wurde. Ja, bald konnte man sehen, wie ein kleiner Baum dastand, mit zarten Zweigen und Blättern, in einem wunderschönen Grün.

Eines Abends ließ das Bäumchen seine Blätter traurig hängen, und auch die kleinen Äste neigten sich zur Erde. Ein Vogel, der in dieser Gegend gerne in den Zweigen der Bäume sang, merkte das, flog auf einen der Äste und fragte den jungen Baum, was geschehen sei.

»Ach«, klagte dieser, »ich will nicht mehr weiter wachsen. Wenn ich alle die schönen, großen, starken Bäume um mich sehe, wie sie ihre mächtigen Zweige gegen den blauen Himmel recken, dann denke ich: Das schaffst du nie!«

Der Vogel wiegte sich eine Weile auf dem biegsamen Ast, während er nachdachte. Dann sagte er: »Du musst Geduld haben. Jeden Tag bekommst du so viel Sonne, Regen und Wind, wie du gerade brauchst. Nimm das an und sei zufrieden! Alles andere wird sich von selbst finden.«

Anthony de Mello

Was sagt mir diese Geschichte über mich, über meine Gedanken und Empfindungen?

3/3

Entfaltung heißt werden. Welches Werden kommt bei mir zu kurz?

Intellektuelles Werden
Physisches Werden
Emotionales Werden
Soziales Werden

Wo will ich mehr tun?
Wie könnte ein erstes Trainingsprogramm aussehen?

3/4

Was wird oftmals missverständlich als Entfaltung betrachtet?

Wie kann ich mich davor schützen?

3/5

Was verbinde ich mit dem Begriff Entfaltung?

Was möchte ich besonders entfalten? Warum?

Gibt es Lebensbereiche, die bisher zu kurz gekommen sind?

Wenn ja, welche?

Womit beginne ich konkret?

3/6

Meine Einstellung zum Perfektionismus? - Und zu Fehlern?

3/7

Wie gestalte ich mein Wohlbefindlichkeitsprogramm?

Was gehört dazu?

Welche positiven Folgen hat dieses Programm für mich?

3/8

Welche noch nicht so recht zur Geltung gekommenen Möglichkeiten schlummern in mir?

Wer könnte ich noch sein?

3/9

Im Prozess der Entfaltung hören wir immer stärker auf die innere Autorität als auf äußere Einflüsse.

Wie weit bin ich?

3/10

Zum Entfaltungsprozess gehört auch das Zulassen von Gefühlen – nicht nur der angenehmen.

Welche Gefühle lasse ich nicht zu?

3/11 Was bedeutet die Aussage »Das Ich wird zum Ich durch das Du« von M. Buber für mein Wachstum?

3/12 Wie weit bin ich mir bewusst, dass zu hohe Idealisierung wachstumshinderlich ist?

Resümee Was war für mich das besonders Wertvolle dieses Kapitels (neue Einsichten – Aha-Erlebnis, tiefere Berührung, Verstärkung)?

Welche Schlussfolgerungen ziehe ich daraus?

Was sind die nächsten (kleinen) Schritte bei der Umsetzung in meinem Leben/Beruf?

A

Was habe ich in den letzten Monaten wirklich ändern können?

Wie sieht die innere/äußere Bilanz meiner Verhaltensänderung aus?

Was habe ich dabei über mich gelernt?

B

Was bleibt noch zu tun?

Was ist mir noch nicht gelungen, wobei muss ich noch Geduld mit mir haben?

C

Was gelingt mir in der Umsetzung in meinem Beruf besonders gut?

Worüber freue ich mich?

D

Was gelingt mir in der Umsetzung in meinem Privatleben besonders gut?

Worüber freue ich mich?

E

Welche Reaktionen habe ich bei meinen Mitmenschen durch meine Veränderung hervorgerufen?

Wie bin ich damit umgegangen?

Was habe ich dabei gelernt?

F

Erlebe ich mich auf einem guten und förderlichen Weg?

Muss ich Kurs-Korrekturen vornehmen?

Welcher Art?

G

Wie sieht mein Stimmungsbarometer aus?

Zuversichtlich?

Pessimistisch?

Wie gehe ich damit um?

Kapitel 3.1

Beruf als Lebensschule

3.1/1

Der Beruf sollte der Ort sein, wo wir zur Reife gelangen und unsere Menschlichkeit entfalten. Er kann aber auch zu dem Ort werden, wo unsere Persönlichkeit verkümmert, wo wir entmenschlichen, uns selbst verlieren, wenn äußere Dinge wichtiger werden als das Leben selbst.

Was tue ich, damit ich von wirklichem Erfolg sprechen kann, damit der Beruf zu meinem Segen wird?

Auf welche Gefahren muss ich besonders achten?

Was will ich vermeiden?

Was will ich in besonderem Maße fördern?

Auf welche »Anfängerfehler« will ich besonders achten?

3.1/2

Vier gefahrenvolle Verhaltensweisen, die zu großen Spannungen zwischen Beruf und Privatleben führen:

1. **Opfer des Berufs**
   ist der Mensch, der total in seinem Beruf aufgeht und über kein bzw. wenig Privatleben verfügt.
2. **Spalter**
   ist der Mensch, der scharf trennt, nach dem Motto: Dienst ist Dienst und Schnaps ist Schnaps. Er hat dabei hohe Erwartungen an seine Angehörigen, er erwartet Verständnis und Rücksichtnahme.
3. **Perfektionist**
   ist der Mensch, der seinen Beruf und sein Privatleben perfekt gestalten will. Häufig leidet er darunter, dass seine hochgesteckten Ideale nicht erreicht werden.
4. **Ausbeuter**
   Er befriedigt seine persönlichen Interessen und Bedürfnisse im Beruf. Er nutzt seine beruflichen Möglichkeiten um sein Privatleben auszufüllen. Das führt zur Gefahr der Ausbeutung und des Abhängigmachens der ihm Anbefohlenen.

Finde ich mich in dem einen oder anderen Beispiel wieder?

Was will ich ändern?

3.1/3

Beruf ist Freude

- ☐ Ich bejahe meinen Beruf und ich erlebe ihn als für mich sinnvoll.
- ☐ Ich übe den Beruf nicht fremdbestimmt aus, ich engagiere mich aus eigenem Antrieb.
- ☐ Ich erlebe den Beruf als mehr als nur den Broterwerb, er dient meiner Entfaltung.
- ☐ Meine Ziele sind eigenbestimmte Ziele ohne Über- oder Unterforderung.
- ☐ Ich bin in einer guten Gemeinschaft mit förderlichen Beziehungen.
- ☐ Ich habe Erfolg.

Wie weit trifft das Einzelne auf mich zu?

1 – sehr weit 2 – gut 3 - befriedigend 4 – unzureichend

3.1/4

Vermag ich spielerisch zu arbeiten?

Wenn nicht, was hindert mich?

3.1/5

Wie ist das Verhältnis von Privatleben und Beruf bei mir?

Was kommt zu kurz?

Was will ich ändern und wie?

Was heißt: Beruf in das Privatleben integrieren?

3.1/6

Erlebe ich, dass der Beruf meine Persönlichkeitsbildung fördert?

Woran erkenne ich diesen Einfluss?

Worin drückt sich dies aus?

3.1/7

Wie erlebe ich meinen Beruf?

Verstehe ich meinen Beruf als Berufung oder mehr als ein notwendiges Übel?

Welche Gründe gibt es für meine Einstellung?

3.1/8

Welches sind die Hinweise dafür, dass ich auf einem guten beruflichen Weg bin?

Auf welche Anzeichen von Gefahren muss ich reagieren?

3.1/9

Wo ist Änderungsbedarf in meinem beruflichen Denken und Handeln?

Womit bin ich bei mir unzufrieden und wobei erlebe ich Zufriedenheit?

3.1/10

Wieweit lebe ich meine Begabungen im Beruf aus?

Welche persönlichen Anlagen kommen zu kurz?

Was will ich ändern?

3.1/11

Was heißt: Mich selbst beauftragen zu können – wie weit bin ich?

Welche Vorteile liegen in der Selbstbeauftragung?

3.1/12

Wie sieht meine Bilanz des Berufs aus?

Was bringt mir mein Beruf?

Was fordert er?

Was bin ich bereit zu geben?

Wie realistisch bin ich in den Beurteilungen?

3.1/13

Welche Erfahrungen habe ich mit dem Satz »Beruf ist Leben« gemacht?

Welchen Stellenwert hat der Beruf in meinem Leben?

Sind Korrekturen in meiner Einstellung notwendig? – Welche?

3.1/14

Karriere auch als Möglichkeit des inneren Wachstums sehen und erleben.

Am besten ist, beides parallel mit materiellem und persönlichem Wachstum zu sehen. Oft eilt Aufstieg der eigenen Entwicklung voraus.

3.1/15

Sich bewusst auf den Entwicklungsprozess einzulassen bedeutet Antworten zu finden auf die Fragen:

Wer bin ich wirklich?
Was kann ich?
Wohin gehöre ich?

Leider wird oft erst nach dem Scheitern ernsthaft danach gefragt.

3.1/16

Damit mir mein Leben, mein Beruf gelingt, werde ich nicht –

- hoffen, dass sich die Welt ändert, damit ich mich besser fühle
- in konflikthafter Uneindeutigkeit gefangen bleiben
- schwanken zwischen Niedergeschlagenheit und Euphorie
- schwanken zwischen Oberflächlichkeit, menschlichen Beziehungen und Einsamkeit
- schwanken zwischen Sorge und Verantwortungslosigkeit.

Damit mir mein Leben, mein Beruf gelingt –

- finde ich den Mut, selbstständig zu werden
- lerne ich die Bereitschaft, Risiken einzugehen
- mache ich mich auf, mir in meiner Arbeit Erfüllung zu verschaffen
- verstehe ich das Leben, den Beruf als eine Herausforderung und nehme diese mit Freude an.

3.1/17

Nicht alles, was ich anstrebe, ist realisierbar.
Doch ich sollte mich nicht mit Ersatz zufriedengeben.

Denn nicht meine Arbeit macht mich zu dem was ich bin, sondern das, was ich aus meiner Arbeit mache.

3.1/18

Sinnhaftigkeit

Wenn mir eine Sache, eine Aufgabe ganz persönlich etwas bedeutet, also wertvoll und erstrebenswert ist, dann macht es Sinn, dass ich mich einsetze, mich reinhänge und bis an die Grenzen meiner Fähigkeiten und Möglichkeiten gehe.

Das ist das Gegenteil des Überlebens durch lustloses Dahinwurschteln oder routiniertes Abwickeln.

Resümee

Was war für mich das besonders Wertvolle dieses Kapitels
(neue Einsichten – Aha-Erlebnis, tiefere Berührung, Verstärkung)?

Welche Schlussfolgerungen ziehe ich daraus?

Was sind die nächsten (kleinen) Schritte bei der Umsetzung in meinem Leben/Beruf?

A

Was habe ich in den letzten Monaten wirklich ändern können?

Wie sieht die innere/äußere Bilanz meiner Verhaltensänderung aus?

Was habe ich dabei über mich gelernt?

B

Was bleibt noch zu tun?

Was ist mir noch nicht gelungen, wobei muss ich noch Geduld mit mir haben?

C

Was gelingt mir in der Umsetzung in meinem Beruf besonders gut?

Worüber freue ich mich?

D

Was gelingt mir in der Umsetzung in meinem Privatleben besonders gut?

Worüber freue ich mich?

E

Welche Reaktionen habe ich bei meinen Mitmenschen durch meine Veränderung hervorgerufen?

Wie bin ich damit umgegangen?

Was habe ich dabei gelernt?

F

Erlebe ich mich auf einem guten und förderlichen Weg?

Muss ich Kurs-Korrekturen vornehmen?

Welcher Art?

G

Wie sieht mein Stimmungsbarometer aus?

Zuversichtlich?

Pessimistisch?

Wie gehe ich damit um?

Kapitel 3.2

Fremdbestimmung und Selbstverantwortung

3.2/1

»Es kommt in der Erziehung eines jeden Menschen eine Zeit, in der er zu der Überzeugung gelangt, dass Neid, Unwissenheit und Nachahmung Selbstmord sind, dass er in Freud und Leid sich als sein Schicksal akzeptieren muss; dass aber, obgleich das Universum voll von guten Dingen ist, kein einziges nahrhaftes Korn zu ihm kommen kann, außer durch seine Arbeit, die er dem Fleckchen Erde widmet, das ihm zur Bearbeitung gegeben ist. Die Kraft, die in ihm wohnt, ist neuer Art, und niemand als er allein weiß, was er zu tun vermag; und auch er weiß es solange nicht, bis er es ausprobiert hat.«

Emerson

3.2/2

Ermutigungen
Ich lasse mich nicht unterdrücken von denen, die Wachstum verneinen, von Ideen, die das Entfalten verbieten, von Gesetzen, die das Reifen verhindern.

Ich lasse mich nicht einschüchtern von Vorschriften, denen es nur um Sicherheit geht. Ich lasse mich nicht ersticken von hübscher Mittelmäßigkeit. Ich lasse mich nicht zurückhalten von den Risikoscheuen.

Albert Schweizer

3.2/3

Oftmals oder in bestimmten Situationen geben wir uns anders als wir sind – Sein und Schein klaffen auseinander.

Kenne ich das auch von mir?

Warum eigentlich zeige ich mich nicht so, wie ich bin?

Nennen Sie die wesentlichen Gründe.

3.2/4

Wo finde ich mich eher wieder?

a) Ich bin Opfer der Verhältnisse, der äußeren Umstände, von anderen.

b) Ich bin aktiver Gestalter meines Lebens.

Welche Änderungen in meinem Denken, Fühlen und Handeln sind notwendig?

3.2/5

Wie ist mein Verhältnis zur Verantwortung?

Wieweit kann ich mich:
- selbst verpflichten
- selbst herausfordern
- selbst begrenzen.
- selbst beauftragen
- selbst konfrontieren

Was ist zu tun?

3.2/6

Warum schiebe ich gerne Verantwortung von mir weg?

In welchem inneren Zwiespalt lebe ich?

3.2/7

Worin zeigt sich die Angst vor der Eigenverantwortung?

Was will ich ändern?

Womit beginne ich?

3.2/8

Worin liegen die Vorteile einer stärkeren Selbstverantwortung für mich?

Bitte machen Sie detailierte Angaben.

3.2/9

Welchen Preis muss ich für meine Verantwortungslosigkeit bezahlen?

Worin liegen die Nachteile für mich?

3.2/10

Warum ist es für mich nicht so einfach, aus der inneren Unfreiheit heraus zu kommen?

Will ich die Herausforderung annehmen?

Was würde ich gewinnen?

3.2/11

Welche fremden Mächte haben mein Reich besetzt?

Wie will ich mich von ihnen trennen?

3.2/12

Erkenne ich die Auswirkungen meines von außen bestimmten Lebens in meinem Verhalten, z. B. Lustlosigkeit/ Entscheidungsschwäche/ Inkonsequenz?

(Bitte um persönliche Erfahrungen erweitern)

3.2/13

1. Klasse der Dummen
2. Klasse der Schlauen
3. Klasse der Gescheiten

Wo finde ich mich in der »Drei-Klassen-Gesellschaft« wieder?

Wohin sollte mein Weg gehen?

Was ist dazu notwendig?

3.2/14

Auf welche Widerstände aus meinem Umfeld muss ich mich einstellen, wenn ich von der Fremdbestimmung zur Eigenverantwortung wechsele?

Wie werde ich damit umgehen?

3.2/15

Es gibt viele Mächte im Inneren wie im Äußeren, die uns nicht frei lassen wollen, die uns lieber in der Abhängigkeit halten.

Welche Mächte haben Macht über mich?

a) im Inneren b) im Äußeren

Wie will ich diese Abhängigkeit ändern?

3.2/16

Von außen nach innen leben heißt:
Ich suche meinen Halt im Außen (in Beziehungen, im Materiellen etc.)

Verbesserungen einer unguten Situation suche ich durch Veränderung der äußeren Gegebenheiten herbeizuführen. Ich übersehe, dass das Defizit unter Umständen in der eigenen Persönlichkeit liegt.
Kenne ich diese Haltung bei mir?
Was will ich dann tun/bzw. lassen?

3.2/17

Definition eines erwachsenen Menschens:

Ein Mensch, der nicht mehr nach der Pfeife der Gesellschaft tanzt.
Ein Mensch, der zu der Musik tanzt, die aus ihm selbst kommt.

Anthony de Mello

Ein Mensch also, der sich von der Vorstellung befreit hat, sich stets von der besten Seite zeigen zu müssen, der ungezwungen lebt, weil er die Erwartungen anderer nicht länger erfüllen muss.

Welche Empfindungen habe ich beim Lesen dieser Zeilen?

3.2/18

Warum verstecke ich mich oftmals hinter anderen und trete nicht nach vorne?

3.2/19

Acht Grundhaltungen für emotionales Erwachsensein

☐ **Ich lebe:**
Das heißt, ich bin mir meines Selbst, meiner Lebenskraft, aber auch der Begrenztheit meiner Existenz bewusst.

☐ **Ich brauche:**
Ich nehme meine Bedürfnisse wichtig.

☐ **Ich bin liebenswert:**
Ich kann das Gute an mir akzeptieren und von anderen annehmen und aufnehmen. Ich achte mich (wie auch die anderen) und kann mich mit meinen Fehlern und Schwächen annehmen.

☐ **Ich bin berechtigt:**
Meine Existenz und meine Bedürfnisse (mein Wohlbefinden) sind berechtigt – aber auch die der anderen.

☐ **Ich bin gut genug:**
Ich nehme mich so an wie ich bin; betrachte mich ehrlich und realitätsnah und ich kann gelassen sein.

☐ **Ich darf gesund egoistisch sein:**
Ich nehme mich (aber auch die anderen) ernst und wichtig genug.

☐ **Ich habe die Verantwortung:**
Ich treffe meine Entscheidungen autonom und erhalte mir Wahlmöglichkeiten. Ich trage auch die Konsequenzen. Ich wähle selbst die Werte, die in meinem Leben Geltung haben sollen.

☐ **Ich kann Grenzen ziehen:**
Ich weiß mich vor unangenehmen Ansprüchen anderer zu schützen. Ich respektiere auch ihre Grenzen.

Wie weit kann ich diese Aussage bejahen?

1 – gut   2 – mit Einschränkung   3 – kaum   4 – schlecht

3.2/20

Unsere Ziele der Eigenverantwortlichkeit müssen sein:

☐ Festgefahrene Verhaltensweisen ablegen.
☐ Sich dem Sog der Vergangenheit entziehen.
☐ Eine neue und sinnvolle Richtung einschlagen.
☐ Das alte, behindernde Programm umschreiben.

Wie weit bin ich von den Zielen entfernt?

1 – sehr nahe   2 – relativ nahe   3 – mittlere Distanz   4 – weit entfernt

3.2/21

Entweder wir hören aus Angst auf das, was andere uns vorschreiben, dann sind wir unweigerlich deren Gefangene – oder wir finden den Mut, uns zu uns selbst zu bekennen, die Verantwortung für unser Tun und Lassen zu übernehmen.

Wo stehe ich?

Wessen Gefangener bin ich?

Was will ich zu meiner Befreiung tun?

3.2/22

Wer beginnt, Profil zu gewinnen und eigene Ansprüche zu stellen, wird Widerstand spüren, unter Umständen muss er sich gegen entgegengesetzte Ansprüche der anderen wehren. Besonders stark wird dies der Fall sein, wenn jemand aus der »Sklavenposition« in die der Selbstbestimmung wechselt.

Wie weit bin ich darauf vorbereitet?

3.2/23

Zu meinem Streben nach Eigenverantwortung und Freiheit zählt, mich nicht länger in der Tretmühle fremder Diktate und Programme vorwärtspeitschen zu lassen, sondern selbst zu leben, dabei darauf zu achten, welche Aufgaben in meinem Leben/Beruf wirklich auf mich zukommen, wozu ich wirklich berufen bin, was wesentlich und gut für mich ist. So finde ich meine eigenen Lebensinhalte, die unaustauschbar zu mir gehören und die meine eigentlichen inneren Kraftquellen sind.

Wie weit bin ich in diesem Streben?

3.2/24

Was ist von mir im Hinblick auf einen gesunden Lebensstil hin zu tun/zu lassen?

Was tue ich als erstes?

3.2/25

Warum neige ich dazu, mich von anderen Menschen beeinflussen oder steuern zu lassen?

Was muss ich dringend ändern?

3.2/26

Was heißt es konkret für mich »Herr im eigenen Haus« zu sein?

Womit muss ich aufräumen?

Welche neuen Wege will ich gehen?

Resümee

Was war für mich das besonders Wertvolle dieses Kapitels
(neue Einsichten – Aha-Erlebnis, tiefere Berührung, Verstärkung)?

Welche Schlussfolgerungen ziehe ich daraus?

Was sind die nächsten (kleinen) Schritte bei der Umsetzung in meinem Leben/Beruf?

A

Was habe ich in den letzten Monaten wirklich ändern können?

Wie sieht die innere/äußere Bilanz meiner Verhaltensänderung aus?

Was habe ich dabei über mich gelernt?

B

Was bleibt noch zu tun?

Was ist mir noch nicht gelungen, wobei muss ich noch Geduld mit mir haben?

C

Was gelingt mir in der Umsetzung in meinem Beruf besonders gut?

Worüber freue ich mich?

D

Was gelingt mir in der Umsetzung in meinem Privatleben besonders gut?

Worüber freue ich mich?

E

Welche Reaktionen habe ich bei meinen Mitmenschen durch meine Veränderung hervorgerufen?

Wie bin ich damit umgegangen?

Was habe ich dabei gelernt?

F

Erlebe ich mich auf einem guten und förderlichen Weg?

Muss ich Kurs-Korrekturen vornehmen?

Welcher Art?

G

Wie sieht mein Stimmungsbarometer aus?

Zuversichtlich?

Pessimistisch?

Wie gehe ich damit um?

Kapitel 3.3

Selbstwerdung und Selbstverwirklichung

3.3/1

Gott kann die Wüste zum Blühen bringen – aber nur wenn wir den Regenschirm schließen.

M. Moosmann

Kann ich den Regenschirm benennen, mit dem ich mein Aufblühen verhindere?

3.3/2

Wenn ich mit mir einig bin, mich sozusagen rundum wohl und zufrieden fühle, kann ich sagen: »Ich bin in mir selbst zu Hause.«

Wann hatte ich solche Gefühle?

Wann stellen sie sich ein?

Wann das Gegenteil – nicht bei mir selbst zu sein?

3.3/3

Anregungen für ein eigenständiges Leben.

1. Sei stolz auf die eigenen Leistungen.
2. Suhle dich nicht in Selbstvorwürfen. Wenn etwas nicht klappt, frage dich, »Warum?« Dann versuch's noch mal und blicke nicht zurück.
3. Erfülle deine eigenen Erwartungen und genieße, dass du für dein Leben selbst verantwortlich bist.
4. Habe den Mut und das Selbstvertrauen, alte Dinge loszulassen und neue zu beginnen. Tue, was du wirklich willst und nicht das, was andere von dir erwarten.
5. Akzeptiere die Tatsache, dass das Leben nicht fair ist. Hör auf zu klagen!
6. Sei lieb zu dem Kind in dir – aber gehorche ihm nicht.
7. Hör auf deine innere Stimme. Was du fühlst und was du tust soll harmonieren. Nimm dir Zeit für die Entscheidung.
8. Hör auf, von Menschen etwas zu erwarten, was sie dir gar nicht geben können.
9. Versuche jeden Tag neu, deine schlechten Angewohnheiten zu ändern.
10. Nimm die Herausforderung des Lebens an und mach das Beste daraus.

3.3/4

Im Kartenspiel, das Leben heißt, spielt man das zugeteilte Blatt, so gut man kann. Die, die darauf bestehen, nicht das ihnen zugeteilte Blatt zu spielen, sondern das, das ihnen ihrer Meinung nach zugestanden hätte, sind im Leben Versager. Wir werden nicht gefragt, ob wir spielen wollen. Es gibt keine Wahl. Spielen müssen wir, es fragt sich, wie.

Wie gehe ich mit dieser Aussage um?

3.3/5

Kontraproduktiv im Hinblick auf inneres Wachsen sind folgende Kräfte: Gier/Ehrgeiz/Eitelkeit/Wichtigtuerei/Imponiergehabe/Angst.

Welche Kräfte sind in mir wirksam?

Was will ich tun, um diese negativen Kräfte zu überwinden?

3.3/6

Wie weit kann ich Ja zu mir sagen –
zu meinen Gedanken,
zu meinen Gefühlen,
zu meinen Wünschen?

Wie weit akzeptiere ich –
meine Lebensgeschichte,
meine Berufswahl,
meine Partnerschaft,
meine Grenzen, in geistiger, gefühlsmäßiger, kommunikativer Hinsicht?

Was will ich im Hinblick auf die Bejahung tun?

Wenn Änderungen möglich und sinnvoll sind, was kann ich dafür tun?

3.3/7

Der Mensch ist ein zweigeteiltes Wesen, auf der einen Seite ein einmaliges, der Natur überlegenes Individuum - auf der anderen Seite ein anfälliges, leicht verwundbares und hinfälliges Wesen.

Diese Zweiteilung, dieses existenzielle Dilemma, kann zu einem existenziellen Drama werden, wenn eine Seite abgespalten, also nicht akzeptiert bzw. geleugnet wird. Dies ist zudem die Grundlage der »Lebenslüge«.

Was will ich tun, worauf will ich achten,
dass aus meiner Zweiteilung kein Lebensdrama wird?

Was tue ich zur Integration beider Seiten?

3.3/8

Wieviel Mut bringe ich auf, das zu entwickeln und durchzusetzen, was für meine Entwicklung förderlich ist?

Wie weit kann ich mit Widersprüchlichem in mir konstruktiv umgehen?

Was bedeutet es für mich, mit inneren Widersprüchen umzugehen?

3.3/9

Welche Anteile von mir kommen zu kurz?

Warum zeige ich sie so selten?

3.3/10

Welches Rollenverhalten nehme ich an mir wahr?

a) Privatleben b) Berufsleben

Was verspreche ich mir davon?

Ginge es nicht auch anders?

Wenn ja, wie?

3.3/11

Was macht es mir so schwer, mich einfach so zu geben, wie ich bin?

Warum verstelle ich mich so oft?

Nennen Sie spontan die Gründe, so wie sie Ihnen einfallen.

Überprüfen Sie die Gründe, unter dem Gesichtspunkt, ob sie wirklich so zwingend sind, wie Sie meinen.

3.3/12

Was muss ich tun bzw. lassen, um mich zu der Person, die ich im Tiefsten spüre und nach der ich mich sehne, auch zu entwickeln?

Womit beginne ich?

Welche Schritte folgen?

(Vorsicht vor fremdbestimmten Bildern!)

3.3/13

Wenn ich meine Entwicklung zur Selbstwerdung betrachte, wieweit gelingt sie mir?

3.3/14

Was will ich unter meiner Selbstverwirklichung verstehen?

Was will ich dafür tun?

Wie sieht mein Selbstverwirklichungs-Programm aus?

3.3/15

Was sind die Kennzeichen der Fehlform von Selbstverwirklichung?

Womit muss ich vorsichtig sein?

3.3/16

Eine Verkennung mit weitreichenden Folgen:
Selbstverwirklichung wird mit Ego-Trip gleichgesetzt.

Wo habe ich dieses Verhalten erlebt, vielleicht sogar bei mir?

Mit welchen Folgen?

3.3/17

Welche schwerwiegenden Folgen ergeben sich für eine Gemeinschaft, wenn die Mitglieder ihre Selbstverwirklichung egohaft ausleben?

Was will ich dagegen unternehmen?

3.3/18

Auf dem Weg der Reifung merken wir, dass sich langsam etwas in unserem alltäglichen Leben zu ändern beginnt. Wie äußert sich dies bei mir?

Ich entdecke den eigenen Lebensweg.
Ich werde ruhiger.
Ich bin überzeugter von dem, was ich tue.
Ich lebe generell bewusster und intensiver.

Das wird – fast unmerklich – auch Einfluss auf meine Umgebung haben.

3.3/19

Der Weg zur Selbstwerdung

Persönlichkeitsentwicklung heißt:
Seine eigene Identität zu finden, zu sich selbst zu stehen,
sich in seinem So-Sein anzunehmen.
Das führt zu dem notwendigem Maß an Selbstakzeptanz
und der Kraft, auf das Leben zugehen zu können.

Wie weit bin ich auf diesem Weg?

3.3/20

Welche negativen Auswirkungen hat die egoistische Form der Selbstverwirklichung?

Für mich?

Für die Gemeinschaft?

Welche Folgerungen ziehe ich aus diesen Einsichten?

3.3/21

Wie unterscheide ich Selbstwerdung von Selbstverwirklichung?

Habe ich die beiden Formen der Selbstverwirklichung berücksichtigt?

3.3/22

Erkenne ich in meinem Verhalten kindhafte Strategien wieder, die mir damals das »Überleben« sicherten, mir Aufmerksamkeit und Liebe brachten (z. B. Trost, Wehleidigkeit, Unterordnung etc.)?
Heute in der Erwachsenenwelt sind diese einst »erfolgreichen« Strategien unangemessen, meist schädlich. Es ist überaus lohnend, heute achtsam mein Verhalten daraufhin zu beobachten.

Was will ich an den alten Verhaltensmustern ändern?

3.3/23

Hilfreiche Betrachtung zur Aussöhnung mit mir und meiner Lebensgeschichte:

Musste ich nicht das alles aushalten, all die Wege gehen, damit ich frei werde von den Illusionen, die ich mir über mich/meinen Beruf, meinen Partner und mein Leben gemacht habe, damit ich hineinwachse in die eigene Wirklichkeit und die Realität meines Lebens neu sehen lerne.
Ich lerne dabei, dass meine heutige Sicht nicht die einzig mögliche ist. So vermag ich Sinnhaftigkeit mitten in der Sinnlosigkeit, Hoffnung mitten in der Enttäuschung, Vertrauen mitten im Misstrauen zu entdecken.

Will ich das?

Wie ernst ist es mir wirklich?

3.3/24

Der Mensch – das entscheidende Wesen.

Ich muss mich immer wieder zwischen,

Ja und Nein
Pro und Kontra
Tun und Lassen,

entscheiden.

Unentwegt und stets aufs Neue stehe ich am Kreuzweg einer neuen Entscheidung über mich als den Menschen, auf den ich mich hinentwickeln will.

Wohin will ich mich entwickeln?

3.3/25

Ich kann mich entscheiden für:

Ein bequemes, reaktives Leben in Abhängigkeit und Unterordnung und dabei in der Opferrolle verharren.

Ein freies, aktives Leben in Unabhängigkeit und Eigenverantwortung, als bewusster, achtsamer Gestalter.

3.3/26

Selbstverwirklichung als Entscheidung zwischen:

Selbstbezogenheit

egozentrischer Steigerung des eigenen Wohlbefindens

Vorrang der eigenen Bedürftigkeit

oder:

Ausweitung und Vertiefung der Persönlichkeit und Verantwortlichkeit

Eingewoben sein in ein Geflecht von Beziehungen

3.3/27

Selbstverwirklichung geschieht, wenn ich mit dem, was eigentlich in mir steckt, in Berührung komme. Dazu müssen wir lernen, uns mehr von uns selbst bestimmen und formen zu lassen.

3.3/28

Selbstverwirklichung ist der Versuch, den Menschen zu verwirklichen, der man selber ist – nicht den, der man in den Augen anderer sein soll. Und dies nicht nur zum eigenen, sondern zugleich auch zu fremdem Nutzen.

3.3/29

Wie übersetze ich den tiefsinnigen, humorigen Satz von Karl Valentin: »Heut´ abend da möcht i mi b´suchen. Bin gespannt, ob i dahoam bin«, in mein Leben?

Was muss ich tun, um wirklich bei mir selbst zu sein, der zu sein, der ich bin?

Resümee

Was war für mich das besonders Wertvolle dieses Kapitels (neue Einsichten – Aha-Erlebnis, tiefere Berührung, Verstärkung)?

Welche Schlussfolgerungen ziehe ich daraus?

Was sind die nächsten (kleinen) Schritte bei der Umsetzung in meinem Leben/Beruf?

A

Was habe ich in den letzten Monaten wirklich ändern können?

Wie sieht die innere/äußere Bilanz meiner Verhaltensänderung aus?

Was habe ich dabei über mich gelernt?

B

Was bleibt noch zu tun?

Was ist mir noch nicht gelungen, wobei muss ich noch Geduld mit mir haben?

C

Was gelingt mir in der Umsetzung in meinem Beruf besonders gut?

Worüber freue ich mich?

D

Was gelingt mir in der Umsetzung in meinem Privatleben besonders gut?

Worüber freue ich mich?

E

Welche Reaktionen habe ich bei meinen Mitmenschen durch meine Veränderung hervorgerufen?

Wie bin ich damit umgegangen?

Was habe ich dabei gelernt?

F

Erlebe ich mich auf einem guten und förderlichen Weg?

Muss ich Kurs-Korrekturen vornehmen?

Welcher Art?

G

Wie sieht mein Stimmungsbarometer aus?

Zuversichtlich?

Pessimistisch?

Wie gehe ich damit um?

Kapitel 4

Erfolg und Leistung

4/1

Mangelnder Erfolg ist die Folge von:

☐ **Inkonsequenz**
mal ja, mal nein

☐ **nicht dauerhaftem Durcharbeiten**
periodischer Einsatz, schnell erlahmend

☐ **Flucht in Nebensächlichkeiten**
statt zielgerichtetem Tun, mehr Beschäftigung suchen

☐ **mangelnder Disziplin**
der Bequemlichkeit nachgeben

☐ **schlechtem Umgang mit der Zeit**
keine bzw. falsche Zeitplanung

☐ **Selbsttäuschung und Täuschung anderer**
die Realität verleugnen, Situationen verharmlosen

1 – trifft auf mich nicht zu
2 – trifft teilweise auf mich zu
3 – trifft häufiger auf mich zu
4 – trifft auf mich zu

Wo finde ich mich wieder?

Was will ich ändern?

Will ich das wirklich?

4/2

Um Erfolg zu haben, muss ich aus Niederlagen lernen.

1. Mir selbst eingestehen, dass ich zu einem großen Teil für die Situation verantwortlich bin – dafür also, dass es so weit gekommen ist.
2. Selbstverurteilung und Selbstmitleid aufgeben.
3. Schuldzuweisungen an Dritte aufgegeben.
4. Mir Gedanken darüber machen:
   Wie mache ich das Krumme wieder gerade?
   Wie gehe ich konkret vor, was sind die nächsten Schritte?
5. Den inneren Widerstreit des Wollens/Nichtwollens überwinden.

Was packe ich gleich als nächstes an?

4/3

Die Kunst des Ausruhens ist ein Teil des Arbeitens
und beides ist der größte Teil der Kunst des Lebens.

John Steinbeck

Ist das auch für mich beachtenswert?

4/4

Wie weit bin ich bereit, wirkliche Leistung – also über das übliches Maß hinaus – zu erbringen?

Beflügelt mich Leistung?

Habe ich Freude daran?

Empfinde ich Leistung als ein lebensförderliches Element?

4/5

Wie schätze ich mich bezüglich meiner »**Erfolgsintelligenz**« im Einzelnen ein?

- ☐ Ich kann mich selbst motivieren!
- ☐ Ich kann meine Impulse kontrollieren!
- ☐ Ich kann durchhalten!
- ☐ Ich kann das Beste aus meinen Fähigkeiten machen!
- ☐ Ich kann meine Ideen in die Tat umsetzen!
- ☐ Ich kann mich ergebnisorientiert verhalten!
- ☐ Ich kann Aufgaben zu Ende bringen und abschließen!
- ☐ Ich kann Initiative entwickeln!
- ☐ Ich kann mit Fehlschlägen umgehen!
- ☐ Ich kann auch Unangenehmes sofort anpacken!
- ☐ Ich kann Kritik akzeptieren und daraus lernen!
- ☐ Ich kann mich auf meine Ziele konzentrieren!
- ☐ Ich kann zwischen Über- und Unterforderung unterscheiden und das für mich richtige Maß finden!
- ☐ Ich kann auf Anerkennung und Belohnung warten!
- ☐ Ich weiß um meinen Wert!
- ☐ Ich habe ein ausgewogenes Maß an Erfolg und Leistung!

Es gelingt mir: 1 – gut 2 – mäßig gut 3 – kaum 4 – gar nicht

4/6

Welche persönlichen Fähigkeiten begünstigen meinen Erfolg?

Welche äußeren und inneren Faktoren müsste ich ausbauen?

4/7

Wie gehe ich mit Erfolgsformeln um?

Wie sind sie für mich förderlich?

Wie sind sie für mich schädlich?

4/8

Was zählt für mich zum Reichtum über die materielle Seite hinaus?

Was zählt auf der anderen Seite zur Armut?

4/9

Wenn Erfolg mein Götze ist, mit welchen Folgen muss ich rechnen?

Wie will ich mich davor schützen?

4/10

Wie erlebe ich innere Zufriedenheit im Zusammenhang mit »Erfolg«?

4/11

Welche Gefahren liegen für mich in der Aussage:

»Ich will Erfolg um jeden Preis«?

Wie definiere ich meinen Erfolg?

4/12

Welche Zusammenhänge bestehen zwischen Erfolg und Leistung?

Was habe ich auf meinem Berufsweg gelernt?

4/13

Mahatma Gandhi hat einmal geschrieben, dass es sieben Sünden in der Welt gebe:

Reichtum ohne Arbeit;
Vergnügen ohne Gewissen;
Wissen ohne Charakter;
Geschäfte ohne Moral;
Wissenschaft ohne Humanität;
Frömmigkeit ohne Opferbereitschaft;
Politik ohne Prinzipien.

Es wäre in der Tat empfehlenswert,
Leistung im Licht dieser sieben Sünden zu bewerten.

4/14

Leistung heißt für mich:

- etwas Außergewöhnliches erbringen
- an meine Grenzen gelangen
- Sieg über mich selbst
- Ausdauer
- Freiwilligkeit nach eigenen Maßstäben
- die Qualität betonen
- etwas Werthaftes, Sinnvolles realisieren
- nichts als drückend empfinden, auch wenn es sehr anstrengend sein mag
- Misserfolg hat Herausforderungscharakter
- die Dinge um meiner selbst willen tun
- Aufgabenbezogenheit, Charakter
- innere Bejahung und Selbstmotivation als Voraussetzung
- Förderung der Persönlichkeit

Wieweit bejahe ich die einzelnen Punkte? Wo liegen meine Defizite?

4/15

Voraussetzungen für Leistung

- Leistung ist Selbstherausforderung unter Einsatz aller Fähigkeiten auf selbstbestimmte Ziele hin zuarbeiten.
- Leistung mobilisiert die Reserven des Menschenmöglichen und erweitert die Grenzen.
- Leistung motiviert zu neuer Leistung.
- Leistungs-Streben hat nur einen Gegner: Die eigene Schwäche. Es ist der Wettbewerb mit sich selbst, nach selbstbestimmten Normen und Zielen und unter akzeptierten Bedingungen.
- Leistung bedrückt nicht, sondern hat Glücksgefühle zur Folge.
- Leistung ist sinnorientiert und sinngebend. Jegliche Leistung ist immer ein Meilenstein auf dem lebenslangen Weg der Persönlichkeitsentwicklung.

4/16

Erfolg ist nicht nur das Ergebnis unseres Fleißes, er hängt auch von unseren Veranlagungen und Begabungen ab.
Heute sprechen wir von verschiedenen in uns angelegten Intelligenzen:

Emotionale Intelligenz
Soziale Intelligenz
Erfolgs-Intelligenz

Welche Intelligenzformen zeichnen mich aus?

4/17

Was ich zum Erfolg brauche

- ☐ Eigenmotivation
- ☐ Durchhaltevermögen/Konsequenz
- ☐ Initiative
- ☐ Ergebnisorientierung
- ☐ Eine Sache zuende führen
- ☐ Fern sein von Fluchtverhalten
- ☐ Selbstvertrauen und -achtung
- ☐ Innere Unabhängigkeit
- ☐ Selbstkontrolle und -verantwortung
- ☐ Lernbereitschaft

Wo stehe ich heute und wie werte ich meinen Zustand?

1 – gut 3 – mäßig
2 – zufriedenstellend 4 – unzureichend

4/18

Beispiele, die zu Erfolglosigkeit führen:

- ☐ Reagiere mehr als du agierst.
- ☐ Zweifle an dir selbst.
- ☐ Verurteile dich selbst.
- ☐ Gib anderen die Schuld für deine Niederlage.
- ☐ Arbeite ohne ein klares Ziel vor Augen.
- ☐ Jage stets »dringenden« Angelegenheiten hinterher/flüchte in Nebensächlichkeiten.
- ☐ Vermeide, nach dem Wesentlichen zu fragen.
- ☐ Denke in den Kategorien »Gewinnen/Verlieren«, »Gewinner/Verlierer«.
- ☐ Strebe zuerst danach, verstanden zu werden.
- ☐ Wenn du deinen Standpunkt nicht durchsetzen kannst, gehe faule Kompromisse ein/weiche aus oder »schlage zu«.
- ☐ Meide jede Veränderung, geh auf Nummer Sicher.
- ☐ Höre auf zu lernen.
- ☐ Schiebe Unangenehmes auf.

Wozu neige ich?

Was muss ich dringend vermeiden?

1 – häufig 2 – gelegentlich 3 – selten

4/19

Erfolg heißt **immer mehr** (Masse)! Erfolg heißt **immer besser** (Qualität)!

Wozu neige ich?

Wie kann ich zwischen beiden eine förderliche Kombination schaffen?

Was wäre im Einzelnen dazu zu tun?

4/20

Wie schätze ich meinen EQ (Erfolgsquotienten) ein?

Wo liegen meine Stärken und wo meine Schwächen?

Wie will ich den EQ ausbauen?

Was will ich in welchem Bereich besonders tun?

Resümee

Was war für mich das besonders Wertvolle dieses Kapitels (neue Einsichten – Aha-Erlebnis, tiefere Berührung, Verstärkung)?

Welche Schlussfolgerungen ziehe ich daraus?

Was sind die nächsten (kleinen) Schritte bei der Umsetzung in meinem Leben/Beruf?

A

Was habe ich in den letzten Monaten wirklich ändern können?

Wie sieht die innere/äußere Bilanz meiner Verhaltensänderung aus?

Was habe ich dabei über mich gelernt?

B

Was bleibt noch zu tun?

Was ist mir noch nicht gelungen, wobei muss ich noch Geduld mit mir haben?

C

Was gelingt mir in der Umsetzung in meinem Beruf besonders gut?

Worüber freue ich mich?

D

Was gelingt mir in der Umsetzung in meinem Privatleben besonders gut?

Worüber freue ich mich?

E

Welche Reaktionen habe ich bei meinen Mitmenschen durch meine Veränderung hervorgerufen?

Wie bin ich damit umgegangen?

Was habe ich dabei gelernt?

F

Erlebe ich mich auf einem guten und förderlichen Weg?

Muss ich Kurs-Korrekturen vornehmen?

Welcher Art?

G

Wie sieht mein Stimmungsbarometer aus?

Zuversichtlich?

Pessimistisch?

Wie gehe ich damit um?

Kapitel 4.1

Leben als Abenteuer

4.1/1

Es ist geradezu unglaublich, wieviel Erleichterung wir in schwierigen Situationen erleben, wenn wir neugierig an sie herangehen ohne uns vorweg auf ein Ergebnis fixiert zu haben.

Kenne ich solche Erlebnisse?

In welchen Situationen wäre es sehr hilfreich, würde ich mir diese Einstellung zu eigen machen?

4.1/2

Sich aus der Hand zu geben und fallen zu lassen gehört zu den schwierigen Abenteuern des Lebens.
Aber Mut ist notwendig, damit Neues werden kann.

Am leichtesten wird das jenen gelingen, die Halt in sich selbst haben und frei von ängstlicher Anklammerung und Außensteuerung sind.

Was muss ich tun bzw. lassen?

4.1/3

Lebenslauf
Für viele Menschen ist das Leben wie der Lauf eines Flusses.
So wie dieser durch sein Flussbett geleitet wird, werden sie in einer Lebensbahn gelenkt und treten nicht mehr über ihre Ufer.
Sie lassen sich durchs Leben treiben, ohne es je kennen gelernt zu haben.

Wie läuft mein Leben?

4.1/4

Widerstreitendes Wollen und Empfinden trage ich in mir.
Ich weiß, dass mein Erwachsensein und meine Lebendigkeit nicht darin bestehen, das zu verbergen.

Ich lasse mir auch kein billiges Glück vorgaukeln und weiß, dass auf dem Weg zur Reife Konflikte und Schmerzen nicht ausbleiben.

4.1/5

Welche positiven Erfahrungen habe ich in Bezug auf Abenteuer gemacht – welche negativen?

Erkenne ich die Unterschiede?

Warum habe ich Abenteuer so oder so erlebt?

Worin liegt ein ganz wesentlicher Unterschied?

4.1/6

Wie verläuft mein Leben: In der Bejahung des Abenteuers oder im ängstlichen Vermeiden von Risiken?

Wieviel Spielraum habe ich?

Welche Abenteuerträume habe ich von meinem Leben?

Welche ließen sich kurzfristig realisieren?

4.1/7

Wie könnte ich meinem Beruf mehr Abenteuergeist einhauchen?

Wie meinen Beziehungen?

Welche (inneren) Hindernisse sind dabei zu überwinden?

Was verbinde ich mit dem Gedanken »Leben als Abenteuer«?

Welche Gefühle löst das aus?

4.1/8

Das Knäckebrotbewusstsein

Es war einmal eine Frau, die hatte jahrelang Cent auf Cent gelegt, um sich eine Kreuzfahrt auf einem Ozeandampfer leisten zu können. Schließlich hatte sie genug zusammen, um die Fahrkarte zu kaufen. Aber es blieb ihr nicht mehr viel für Extras übrig. »Das macht nichts«, dachte sie. »Ich werde eine Menge Knäckebrot und Käse mitnehmen und dies in meiner Kabine verzehren. Dadurch wird die Reise nicht so teuer.« Gesagt, getan. Sie genoss ihre Kreuzfahrt. Gewiss, wenn die anderen Passagiere zu den Mahlzeiten in den Speiseraum gingen, musste sie sich etwas Gewalt antun und sich in ihre Kabine zurückziehen, um Knäckebrot und Käse zu essen. Sie tröstete sich damit, dass sie noch genug Geld bei sich hatte, um am letzten Dinner teilnehmen zu können. Das sollte ein Festessen werden!

An jenem letzten Abend zog sie ihr bestes Kleid an. Erwartungsvoll bestellte sie in dem großen Speisesaal die köstlichen Speisen. »Das ist wirklich aller Opfer wert«, dachte sie. Nach dem Essen bat sie den Steward, ihr die Rechnung zu bringen. Der Steward sah sie erstaunt an: »Aber Madame«, sagte er, »wussten Sie denn nicht, dass all Ihre Mahlzeiten in Ihrem Fahrpreis inbegriffen sind?«

Wir empfinden vielleicht Mitleid mit der Dame, die nur von Knäckebrot und Käse lebte, während die köstlichsten Mahlzeiten darauf warteten, von ihr bestellt zu werden. Aber wie häufig machen wir es im Grunde genommen genauso? Wir sparen und darben und kratzen jahrelang alles zusammen. Wir begnügen uns mit dem Geringsten im Leben, akzeptieren Krankheit, Disharmonie, Begrenzungen und Einsamkeit, nur weil wir nicht erkennen, dass auf unserer Lebensreise das Gute im Fahrpreis inbegriffen ist.

4.1/9

Dankbarkeit und Lebendigkeit

- Dankbarkeit ist das Maß unserer Lebendigkeit.
- Sind die Menschen nicht taub und tot für alles, was sie als selbstverständlich erachten?
- Ein Leben zu führen, das offen ist für Überraschungen, macht uns lebendiger.
- Gegenseitige Dankbarkeit befreit uns von Entfremdung.
- Freude ist wahrer Ausdruck von Dankbarkeit.
- Das größte aller Geschenke ist das Danke-Sagen.

4.1/10

Staunen und Erfüllung

Staunen – das Herz sieht, alles ist ein Geschenk – das führt zu Dankbarkeit. Staunen bedeutet, mit den Augen des Herzens zu sehen.

Was **Erfüllung** bringt, ist Dankbarkeit, die einfache Antwort des Herzens auf dieses uns gegebene Leben in all seiner **Fülle**.

4.1/11

Leben geschieht im Hier und Jetzt, nicht im Gestern und nicht im Morgen.

Sein Leben aufzuteilen in das, was ist,
das, was war und das, was sein sollte,
ist Selbstbetrug.

Erstrebenswert ist Freiheit:
- von Versagens- oder Schuldgefühlen
- von Angst und Sorgen um die Zukunft
- vom Nachtrauern über verpasste Gelegenheiten
- vom Jammern über falsche Entscheidungen
- vom Klammern an schöne Erinnerungen
- vom Träumen von besseren, rosigen Zeiten oder Wunder
- von starrer Zielfixierung

Was habe ich erreicht?

Auf welchem Gebiet?

4.1/12

Platon und seine Mitgefangenen saßen gefesselt in der Höhle, mit dem Rücken zum Eingang. Sie konnten nur die Schatten der Welt an der Wand vor sich sehen und das war für sie die Wirklichkeit.
Platon allein wusste, dass dies nur die Vorstellung der Wirklichkeit sein konnte. Er machte sich auf, die Wirklichkeit zu erkunden, um sie seinen Mitgefangenen zu berichten.
Dabei erlebte er, dass die Wirklichkeit bunt, aufregend, verwirrend und voller Überraschungen war – und er sinnierte, dass es in der Höhle ganz gemütlich war – und die anderen es vorzogen, weiterhin in der Höhle mit dem Gesicht zur Wand sitzen zu bleiben.

Sitze ich mit dem Gesicht zur Wand oder begebe ich mich manchmal aus meiner Höhle hinaus?

Resümee

Was war für mich das besonders Wertvolle dieses Kapitels
(neue Einsichten – Aha-Erlebnis, tiefere Berührung, Verstärkung)?

Welche Schlussfolgerungen ziehe ich daraus?

Was sind die nächsten (kleinen) Schritte bei der Umsetzung in meinem Leben/Beruf?

A

Was habe ich in den letzten Monaten wirklich ändern können?

Wie sieht die innere/äußere Bilanz meiner Verhaltensänderung aus?

Was habe ich dabei über mich gelernt?

B

Was bleibt noch zu tun?

Was ist mir noch nicht gelungen, wobei muss ich noch Geduld mit mir haben?

C

Was gelingt mir in der Umsetzung in meinem Beruf besonders gut?

Worüber freue ich mich?

D

Was gelingt mir in der Umsetzung in meinem Privatleben besonders gut?

Worüber freue ich mich?

E

Welche Reaktionen habe ich bei meinen Mitmenschen durch meine Veränderung hervorgerufen?

Wie bin ich damit umgegangen?

Was habe ich dabei gelernt?

F

Erlebe ich mich auf einem guten und förderlichen Weg?

Muss ich Kurs-Korrekturen vornehmen?

Welcher Art?

G

Wie sieht mein Stimmungsbarometer aus?

Zuversichtlich?

Pessimistisch?

Wie gehe ich damit um?

Kapitel 4.2 Umgang mit Hindernissen

4.2/1

Auch das ist Leben.

In mit brodelt es. Es ist viel los. Das ist Leben. Es ist nicht weniger Leben, als die Zeit der so genannten Normalität, der Stille und Zufriedenheit.

Traurigkeit, die Erfahrung von Dunkelheit, Ausweglosigkeit und Hilflosigkeit sind verbunden mit der Zuversicht, dass sie mich nicht ständig bedrängen werden.

Wie gehe ich mit diesen Zeiten um?

4.2/2

Mit jedem Menschen ist es wie in der Natur:
Auf und ab, Tag und Nacht, Frühling und Herbst etc.

Wer nie Kummer erlebt hat, wird nie tiefe Freude erfahren.
Wer das Fallen nicht kennt, lernt auch kein Aufstehen.

Kann mir diese Einsicht nicht mehr Gelassenheit geben,
mit Schwierigkeiten konstruktiv umzugehen?

4.2/3

An der Überwindung von Schwierigkeiten wachsen wir.

Welche Mühen haben sich bei mir bereits ausgezahlt?

4.2/4

Oft müssen wir uns zwischen zwei oder mehreren Alternativen entscheiden, die immer Vor- und Nachteile mit sich bringen. Zumeist wägen wir vor der Entscheidung nach dem Motto ab: »Was ist das größere bzw. das kleinere Übel?«.

Es geht auch anders: Ich frage mich, in welcher der Alternativen liegt für mich die größere Wohltat?

Eine Betrachtungsweise, die ungewohnt ist, sie bedarf einiger Übung.

4.2/5

Alles was unser gewohntes Leben durchkreuzt, kann zu einer Krise führen,
bzw. von einer Krise begleitet sein.

An welche Situationen erinnere ich mich?

Wie ist die Krise verlaufen, welche Lernprozesse waren mit der Krise verbunden?

4.2/6

Unsere freiwillige Erlaubnis, unser Einverständnis mit dem, was uns widerfährt, verletzt uns viel mehr als das, was uns zunächst geschieht.

Erlebe ich dies an mir?

Was kann ich daran ändern?

4.2/7

Zweifel am eigenen Erfolg kann:

a) hilfreich sein b) schädlich sein

Wovon hängt dies ab, gibt es persönliche Beispiele für das eine wie das andere?

4.2/8

Es ist sehr lohnend, die eigenen Denkmuster und Glaubenssätze bezüglich Erfolg und Misserfolg zu kennen.

Ich gehe diesen Mustern nach. Wann und in welchen Zusammenhängen habe ich erlebt, dass sich die inneren Glaubenssätze bewahrheitet haben?

Welche Folgerungen ziehe ich daraus?

4.2/9

Zähle ich mehr zu denen, die zuviel riskieren – oder zu denen, die übervorsichtig in ihrem Verhalten sind?

Wie sieht der goldene Mittelweg aus?

4.2/10

Trotzreaktionen führen meist zu Misserfolgen.

Neige ich zu solch unproduktiven Verhaltensweisen?

Was gibt es dagegen zu tun?

4.2/11

Wohin führt mich die Angst vor dem Scheitern?

Wie sieht das Gegenprogramm aus?

4.2/12

Was ist mir ohne große Anstrengung im Beruf »geschenkt« worden?

Wann habe ich mit großem Eifer um etwas gekämpft und es ist mir trotzdem nicht gelungen?

Wenn ich beide Erfahrungen überdenke, welche Erkenntnisse bringt mir dies?

4.2/13

Wie ist meine Einstellung zum Fehlermachen?

Wie kann ich mit Fehlern förderlich umgehen?

4.2/14

Wie definiere ich realitätsnahes positives Denken für mich?

Wie grenze ich es gegen **marktschreierisches »Positiv-Denken«** ab?

4.2/15

Wenn ich mein berufliches/privates Leben anschaue, wodurch habe ich tiefe und einschneidende Veränderungen an mir und meiner Umgebung erlebt?

Durch Erfolg oder Misserfolg?

Wie haben Leid und Schmerz mich im positiven Sinn beeinflusst?

Was ergibt sich für mich aus diesen Erfahrungen?

4.2/16

Die Realität dieser Welt ist die größte Macht,
sie holt uns ein und auch auf den Boden zurück.

Welche Beispiele habe ich erlebt?

Welche Konsequenzen ziehe ich für mich daraus?

4.2/17

In unserer westlichen Gesellschaft, die nur Erfolge feiern will, werden Misserfolge, Versagen und das Leid aus dem Bewusstsein verdrängt, nach dem Motto: »Denke positiv«.

Wie stehe ich dazu?

Habe ich Folgen dieser Art von Verdrängung selbst erlebt?

4.2/18

Mache ich mir zu viele Gedanken über Misserfolge?

Was sind die Auswirkungen?

4.2/19

Wieweit kann ich meinen Anteil an Misserfolgen erkennen?

Wieweit kann ich Misserfolg zugeben?

4.2/20

Neige ich zur Selbstsabotage?

In welcher Art und Weise?

4.2/21

Neige ich zu einer dieser beiden Haltungen?

a) Bevor ich etwas falsch mache, mache ich lieber nichts oder nur das, wobei ich mich sicher fühle.

b) Ich identifiziere mich mit den Fehlern (Schwächen) nach dem Motto: »Natürlich, das bist du.«

4.2/22

Worin sehe ich die Gefahren des so genannten »Positiven Denkens«?

4.2/23

Selbstbetrachtung – Umgang mit Schwierigkeiten/Hindernissen:

1. Wovor drücke ich mich?

2. Warum? – Vermeidungsgründe.

3. Wie und womit umgehe ich die eigentliche Aufgabe? – Mein Fluchtverhalten.

Sich selbst zu besiegen ist der schönste Sieg!

4.2/24

Ohne Schwere – würde der Anker das Boot nicht halten.

Ohne Widerstand – würde der Muskel nicht wachsen.

Ohne Spannung – würde der Bogen keinen Pfeil schießen.

Ohne Belastung – wüssten wir nicht um die Grenzen der Belastbarkeit.

Ohne Gewicht – bliebe der Samen nicht in der Erde.

Ohne Ballast – wäre der Ballon nicht zu dirigieren.

Ohne Schwere – würde ich davonfliegen,
weder Halt haben noch geben
und ohne Verständnis sein
für die Schwere der Welt.

4.2/25

Verwandlung des Schatten

Niedergeschlagenheit, Angst, Ärger oder Wut betrachten wir normalerweise als negative Gefühle. Es ist uns lieber, gar keine Gefühle zu haben, als mit solchen Empfindungen fertig werden zu müssen. Wir betäuben unsere Schmerzen mit allerlei Mitteln, mit Arbeit, auch mit Tabletten. Wir flüchten in Fernseh- und anderen Konsum - oder in Abhängigkeitsverhältnisse. Nur selten erwägen wir, dass die dunklen, schwierigen Gefühle auch einen Wert und Nutzen haben könnten.

Niedergeschlagenheit, Angst, Ärger oder Wut signalisieren das Bedürfnis nach mehr Aufmerksamkeit. Sie geben uns zu verstehen, dass etwas unternommen werden muss.

Was ist bei mir zu tun?

Was ist zu unterlassen?

4.2/26

Wir alle wollen den Erfolg, niemand will in einer stark erfolgsorientierten Gesellschaft erfolglos sein.
Misserfolgen können wir aber nicht ausweichen.

Wie gehe ich mit meinen Niederlagen um?

4.2/27

Misserfolge und Leid verlieren viel von ihren Schrecken, wenn wir uns ihnen stellen, statt ihnen auszuweichen.

Gelingt mir die Auseinandersetzung mit meinen Misserfolgen?

Resümee

Was war für mich das besonders Wertvolle dieses Kapitels
(neue Einsichten - Aha-Erlebnis, tiefere Berührung, Verstärkung)?

Welche Schlussfolgerungen ziehe ich daraus?

Was sind die nächsten (kleinen) Schritte bei der Umsetzung in meinem Leben/Beruf?

A

Was habe ich in den letzten Monaten wirklich ändern können?

Wie sieht die innere/äußere Bilanz meiner Verhaltensänderung aus?

Was habe ich dabei über mich gelernt?

B

Was bleibt noch zu tun?

Was ist mir noch nicht gelungen, wobei muss ich noch Geduld mit mir haben?

C

Was gelingt mir in der Umsetzung in meinem Beruf besonders gut?

Worüber freue ich mich?

D

Was gelingt mir in der Umsetzung in meinem Privatleben besonders gut?

Worüber freue ich mich?

E

Welche Reaktionen habe ich bei meinen Mitmenschen durch meine Veränderung hervorgerufen?

Wie bin ich damit umgegangen?

Was habe ich dabei gelernt?

F

Erlebe ich mich auf einem guten und förderlichen Weg?

Muss ich Kurs-Korrekturen vornehmen?

Welcher Art?

G

Wie sieht mein Stimmungsbarometer aus?

Zuversichtlich?

Pessimistisch?

Wie gehe ich damit um?

Kapitel 4.3

Flucht

4.3/1

Immer wieder enttäuscht uns das Leben. Wir sind enttäuscht von unserem Beruf, von unseren Partnern, über unser eigenes Versagen und vieles andere. Manche reagieren resigniert auf die Enttäuschung.

Habe ich eine andere Sicht?

Wie lautet sie?

4.3/2

Wohin wir auch immer gehen – wir nehmen uns selbst mit.

Sokrates

Wie übersetze ich diese Aussage für mich?

4.3/3

Neige ich zu Flucht- und Rückzugsverhalten?

Woher kommt das?

Was will ich mit solchem Verhalten vermeiden?

Welche Folgen habe ich aus diesem Verhalten bereits bei mir erlebt?

Was will ich tun/lassen, um diesen Zustand zu ändern?

4.3/4

Kenne ich das innere Ablaufschema meines Vermeidungs- bzw. Rückzugsverhaltens?

Welche Rolle spielt die »**Aufschieberitis**« dabei?

Kenne ich die Gefahren, die aus diesem Verhalten erwachsen?

Welche sind es konkret?

4.3/5

Warum ist Fluchtverhalten so heimtückisch?

Was ist mein augenblicklicher »Gewinn« bei meinem Abtauchen/meiner Flucht?

Erkenne ich die »Spätfolgen«?

Welche sind es bei mir?

4.3/6

Wenn ich den Verlauf meines Rückzugsverhaltens betrachte, wo befinde ich mich zur Zeit?

Erkenne ich die Möglichkeiten, aus dem negativen Trend wieder herauszufinden?

Wie verläuft mein Aufstieg?

Was erlebe ich dabei?

4.3/7

Stillhalteabkommen

»Sprichst du nicht von meinen dunklen Stellen, so schweige ich auch von den Dingen, die du nicht hören möchtest.« Aus Angst fliehen wir vor dem Leben. Stärke kommt nicht von Zusammenreißen »sei stark«, sondern von der Annahme des eigenen Schattens und unserer so genannten Schwächen, ohne jedoch dabei in Trauer oder Selbstbeschuldigung zu versinken (was ebenfalls eine Form von Flucht ist).
Wie ist mein Verhalten?

4.3/8

Der Versuch dem eigenen Schatten davonzulaufen ist sinnlos.
Als Schatten empfinden wir das Dunkle, das Mangelhafte an uns – all das, was wir an uns nicht mögen. Hilfreicher ist es, sich dem Schatten zu stellen, ihn anzuschauen und sich mit ihm zu versöhnen.
Ein erster Schritt dazu ist: Ich benenne meine »negativen Seiten« und liste sie auf.

Welche Seiten meiner Liste nehme ich zuerst in Angriff?

4.3/9

Negativer Ablauf des Abstiegs in 6 Schritten

1. **Schritt: Vorhandensein von Hemmungen/Ängsten**
   Gemeint sind psychische Einflüsse, die die freie Entfaltung der Persönlichkeit behindern. Ihre Stärke hängt wesentlich von der Abweichung des Realbildes vom Idealbild ab. (Der, der ich bin, grüßt traurig den, der ich sein sollte.)

2. **Schritt: Konfrontation mit einer Belastungssituation**
   Die subjektive Verarbeitung von äußeren Anforderungen lässt die Situation als soziale, intellektuelle und psychische Bürde erfahren. Speziell in der Begegnung mit Neuem sind der Leidensphantasie kaum Grenzen gesetzt.

3. **Schritt: Entstehen von Angst und unangenehmen Gefühlen**
   Handlungszwänge und fehlende Erfahrungswerte sind härteste Bedrohungen. Entscheidungen aus Unsicherheit sind nicht angenehm. Das persönliche Wohlbefinden ist entsprechend der Situation eher labil.

4. **Schritt: Flucht**
   Mit kreativem Aufwand werden allerlei Beschäftigungen als Entlastungswege gesucht. Aufschieberitis, Umdenken, Abwälzen und Krankwerden sind nur einige Beispiele menschlicher Ausweichtechniken.

5. **Schritt: Defizite an Bewältigungserfahrung**
   Das kreative Ausweichen vor peinlichen und unangenehmen Versagenserlebnissen erzeugt zwangsläufig einen Mangel mit belastenden Erlebnissen. Konflikt-Vermeidung siegt über Konflikt-Erfahrung.

6. **Schritt: Negative Erlebnisse**
   Die Konditionierung ist negativ: Aufgabe ist nicht bewältigt.
   Neue Erfahrungsprogramme werden nicht erworben, auch keine Überwindungsstrategien. Rationalisierungen sind realitätsfremd. Eine Folge hiervon ist zwangsläufig: Weiteres Abgleiten in Negativismus und Hilflosigkeit.

Wo finde ich mich wieder, wo stehe ich?

4.3/10

Misslungene Bewältigung von Situationen,
Selbstabwertung, geminderte Selbstachtung, Minderwertgefühle,
Rückzug, Abwehr, Halbherzigkeit, Lustlosigkeit, Verengung des Blicks,
Verkümmerung, geistig-soziale Vereinsamung, Verbitterung,
Chronisches Scheitern, Mut-, Hoffnungs-, Machtlosigkeit,
Aufgeben.

Stufen des Abstiegs

4.3/11

Mein Aufstieg erfolgt in vier Phasen

1. Phase: Sich stellen
Die Situation erkennen, wie sie tatsächlich ist, keine Rechtfertigungen abgeben und Verurteilungen vermeiden.

2. Phase: Lösungsansätze finden
Eine Analyse der Ist-Situation und ihrer Gründe, Fluchtverhalten erkennen. Klare Erkenntnis verschafft Beruhigung und fördert Zuversicht.

3. Phase: Realistische, eigene Zielvorstellung entwickeln
Einen konkreten Aktionsplan der kleinen Schritte entwickeln, Schwachpunkte gezielt angehen, lernen und einüben, partnerschaftliche Hilfe beanspruchen, Bereitschaft zur Kontrolle. Die Selbstsicherheit wächst.

4. Phase: Ausweitung
Experimentierende Erprobung, kontinuierliche Steigerung, Vorsicht vor Rückfällen.

4.3/12

Gelingen – Stufen des Aufbaus – So geht mein Weg wieder nach oben.

Freude und Dankbarkeit.
Grenzen Schritt für Schritt ausweiten.
Gewonnene innere Freiheit nutzen und
sich in einem anderen Licht sehen.
Hilfe suchen und annehmen,
neues Verhalten einüben,
Selbstkontrolle ausüben.
Realistische, eigene Ziele setzen und
in den kleinen Schritten konsequent sein.
Realität und augenblickliche Grenzen anerkennen und
Ansprüche der Realität anpassen.
Ehrliche Selbstanalyse,
Selbsterkenntnis gewinnen.

Sich stellen, »Ja, so ist es«, ohne Abwertung und Verurteilung.

4.3/13

Neige ich dazu dem Unangenehmen auszuweichen?

Welcher Mittel bediene ich mich, um mich den Problemen nicht stellen zu müssen?

Welcher Ausreden bediene ich mich?

4.3/14

Wie setze ich folgende Empfehlung um – statt zu fliehen oder aufzugeben?

»Tue erst das Notwendige, das du dir heute schon zutraust – dann das erwünschte Kleine und bei einiger Sicherheit das wirklich Schwierige.«

Womit beginne ich gleich?

4.3/15

Glück und Unglück haben ihre Wurzeln im eigenen Leben.

Wer glücklich (erfolgreich) leben will, muss nicht vorher die Welt verändern und auch nicht erst einmal die äußeren Umstände nach seinen Wünschen und Vorstellungen arrangieren.

Vielmehr muss der Leitsatz sein:
»Schau in dich, lauf nicht vor dir davon – du kannst nämlich nicht vor dir selbst fliehen.«

Welche Folgerungen ergeben sich daraus für mein Verhalten?

Resümee

Was war für mich das besonders Wertvolle dieses Kapitels
(neue Einsichten – Aha-Erlebnis, tiefere Berührung, Verstärkung)?

Welche Schlussfolgerungen ziehe ich daraus?

Was sind die nächsten (kleinen) Schritte bei der Umsetzung in meinem Leben/Beruf?

A

Was habe ich in den letzten Monaten wirklich ändern können?

Wie sieht die innere/äußere Bilanz meiner Verhaltensänderung aus?

Was habe ich dabei über mich gelernt?

B

Was bleibt noch zu tun?

Was ist mir noch nicht gelungen, wobei muss ich noch Geduld mit mir haben?

C

Was gelingt mir in der Umsetzung in meinem Beruf besonders gut?

Worüber freue ich mich?

D

Was gelingt mir in der Umsetzung in meinem Privatleben besonders gut?

Worüber freue ich mich?

E

Welche Reaktionen habe ich bei meinen Mitmenschen durch meine Veränderung hervorgerufen?

Wie bin ich damit umgegangen?

Was habe ich dabei gelernt?

F

Erlebe ich mich auf einem guten und förderlichen Weg?

Muss ich Kurs-Korrekturen vornehmen?

Welcher Art?

G

Wie sieht mein Stimmungsbarometer aus?

Zuversichtlich?

Pessimistisch?

Wie gehe ich damit um?

Kapitel 5

Sinn im Leben und Beruf

5/1

Worin könnte bei mir eine Sinnproblematik begründet sein?

a) Beruf
b) Privat

5/2

Habe ich an mir die Folgen von Sinndefizit erlebt oder die von Sinnerfüllung?

Wenn ja, wie sahen die Folgen aus? Bitte benennen Sie sie konkret!

5/3

Wenn ich die drei Wege betrachte, die Viktor Frankl als Sinn-Hilfe* vorschlägt, welcher Weg ist für mich der am leichtesten gehbare?

Was will ich dann tun, um diesen Weg zu beschreiten?

(*siehe dazu »Beruf ist Leben« S. 146)

5/4

Wie gehe ich vor, um den Sinn für mich zunächst im Beruf und später in meinem Leben zu entdecken?

Was sind die ersten Schritte?

5/5

Wie hängen für mich Sinnerfahrungen im Beruf und Sinnvorstellungen im Leben zusammen?

5/6

Wie komme ich mit der religiösen Seite der Sinnfrage zurecht?

Steht dem mein materialistisches Weltbild entgegen?
Oder das rein naturwissenschaftliche?

5/7

Wie habe ich Sinnerfüllung erlebt?

Habe ich das Gegenteil von Sinnerfüllung bereits erlebt,
also Sinnleere und Sinnlosigkeit?

Beschreiben Sie die Auswirkungen!

Welche emotionalen Reaktionen hat dieses Gefühl hervorgerufen?

5/8

Wenn ich der Sinnfrage nachgehe, geschieht das mehr mit dem Verstand
oder mit dem Gefühl?

Wie könnte eine gesunde Kombination von beiden aussehen?

5/9

Mit der Sinnfrage stellen wir zugleich die Frage nach dem Wert dessen, was wir tun.

Wie sieht die Antwort bezüglich meines Berufs aus?

5/10

Bereits die Frage: »Lohnt sich das überhaupt?«, ist eine Frage nach dem Sinn dessen was ich tue, getan habe oder tun soll. – In welcher Situation habe ich mir diese Frage gestellt?

Welches Ergebnis und welche Folgen ergaben sich daraus?

5/11

Habe ich mir die Frage nach dem »Sinn des Lebens« schon einmal bewusst gestellt?

In welcher Situation?

Warum?

Was habe ich dabei empfunden?

Welche Antwort habe ich gefunden?

5/12

Wie sinnvoll erlebe ich meinen Beruf und meine Arbeit?

Woran erkenne ich das?

Was ist zu tun, wenn ich Sinndefizite erkenne?

5/13

Sinn hat das, was man verstanden hat. Und das ist immer subjektiv, individuell verschieden.

Was tue ich im Hinblick auf diesen Verständnisprozess?

5/14

Sinnleere führt zu Resignation und Gleichgültigkeit.

Welche Gefahren ergeben sich aus solchen Haltungen?

5/15

Viele Menschen fliehen vor der Frage nach dem Sinn (des Lebens, des Berufes). Sie fliehen in allerlei Aktivitäten oder in materiellen oder sozialen Besitzstand.

Erkenne ich diese Gefahren auch bei mir?

5/16

Die Frage nach dem Lebenssinn fragt nach dem Lebensgrund, nach dem, worin mein Leben gegründet ist, wozu ich eigentlich lebe.

Resümee

Was war für mich das besonders Wertvolle dieses Kapitels
(neue Einsichten – Aha-Erlebnis, tiefere Berührung, Verstärkung)?

Welche Schlussfolgerungen ziehe ich daraus?

Was sind die nächsten (kleinen) Schritte bei der Umsetzung in meinem Leben/Beruf?

A

Was habe ich in den letzten Monaten wirklich ändern können?

Wie sieht die innere/äußere Bilanz meiner Verhaltensänderung aus?

Was habe ich dabei über mich gelernt?

B

Was bleibt noch zu tun?

Was ist mir noch nicht gelungen, wobei muss ich noch Geduld mit mir haben?

C

Was gelingt mir in der Umsetzung in meinem Beruf besonders gut?

Worüber freue ich mich?

D

Was gelingt mir in der Umsetzung in meinem Privatleben besonders gut?

Worüber freue ich mich?

E

Welche Reaktionen habe ich bei meinen Mitmenschen durch meine Veränderung hervorgerufen?

Wie bin ich damit umgegangen?

Was habe ich dabei gelernt?

F

Erlebe ich mich auf einem guten und förderlichen Weg?

Muss ich Kurs-Korrekturen vornehmen?

Welcher Art?

G

Wie sieht mein Stimmungsbarometer aus?

Zuversichtlich?

Pessimistisch?

Wie gehe ich damit um?

Kapitel 5.1

Identifikation

5.1/1

Erkenne ich Gegebenheiten, die meine Identifikation gefährden, zumindest behindern?

Welche sind das?

Was will ich dagegen tun?

5.1/2

Wie weit identifiziere ich mich mit meinem Beruf? Kennzeichen dafür sind:

☐ der Grad meiner inneren Zufriedenheit
☐ meine Bereitschaft, mich über mein Ego hinaus zu engagieren,
☐ die Kraft und Ausdauer, meine Ziele konsequent zu verfolgen

1 – gut 2 – mäßig 3 – schlecht

Was sagen mir meine Bewertungen über den Grad meiner Identifikation?

5.1/3

Welche Erfahrungen habe ich auf meinem Berufsweg mit den drei Formen von Identifikation gemacht?

a) Mit der kindhaften Form,

b) mit der pubertären Form,

c) mit der reifen, erwachsenen Form.

5.1/4

Neige ich dazu, mich mit zu vielem gleichzeitig zu identifizieren? – Z. B. mit ...

Wäre Konzentration auf weniges besser für mich?

Wovon will ich mich trennen?

5.1/5

Spüre ich den Halt, den mir meine Identifikation gibt?

Spüre ich die Haltlosigkeit, den Zweifel, wenn mir Identifikation beruflich und privat nicht gelingt?

5.1/6

Mit wem fällt es mir leicht, mich zu identifizieren?

Womit fällt es mir leicht, mich zu identifizieren?

Warum?

5.1/7

Hinter welcher beruflichen Vorstellung kann ich leicht stehen?

Warum?

Womit habe ich Schwierigkeiten?

Warum?

5.1/8

Gibt es Bereiche in Beruf und Leben, in denen es gut wäre mich zu dis-identifizieren?

Welche Bereiche sind das?

Fällt mir Dis-Identifikation schwer und wenn ja, warum?

5.1/9

Das, dessen Wert für uns absolute Bedeutung gewinnt, wird auf die Dauer zur knechtenden Macht über uns, verhindert die Selbstentfaltung und damit das Fruchtbarwerden des eigenen Lebens.

Was oder wer hat diese absolute Bedeutung für mich?

Was muss ich zu meiner Befreiung tun?

5.1/10

Wie groß ist der Abstand zwischen:

Meinem Idealbild

} **Spannung/Minderwertgefühl**

meiner Wirklichkeit

Was kann ich tun, um die Spannung zwischen beiden zu reduzieren?

5.1/11

Geglückte Identifikation mit sich selbst:

Sei, der du bist, aber kreise nicht ständig um dein Ego. Mach dir nichts vor. Akzeptiere, dass du kein Held bist und nimm dich nicht gar so wichtig. Arbeite an deinen Schwächen. Aber verbeiße dich nicht in sie. Lass sie los. Nimm dich an, mit deinen Ungereimtheiten, deinen Gegensätzen. Denn nur wenn du es mit dir selbst aushältst, kommst du weiter. Nur dann wirst du menschlich. Wer barmherzig mit sich selbst ist, kann auch anderen gut sein.

nach Anselm Grün

Wie stehe ich zu mir?

5.1/12

Mit sich selbst eins zu sein, zu sich zu stehen, heißt, Antwort auf folgende Fragen gefunden zu haben:

Woraus schöpfe ich?

Was sind meine Wurzeln?

Was prägt mein Denken und Fühlen?

Dabei ist es hilfreich, dankbar auf das zurückzuschauen, das andere Menschen mir gegeben haben.

Welchen Spuren will ich nachgehen?

Was werde ich bewusster tun?

Resümee

Was war für mich das besonders Wertvolle dieses Kapitels (neue Einsichten – Aha-Erlebnis, tiefere Berührung, Verstärkung)?

Welche Schlussfolgerungen ziehe ich daraus?

Was sind die nächsten (kleinen) Schritte bei der Umsetzung in meinem Leben/Beruf?

A

Was habe ich in den letzten Monaten wirklich ändern können?

Wie sieht die innere/äußere Bilanz meiner Verhaltensänderung aus?

Was habe ich dabei über mich gelernt?

B

Was bleibt noch zu tun?

Was ist mir noch nicht gelungen, wobei muss ich noch Geduld mit mir haben?

C

Was gelingt mir in der Umsetzung in meinem Beruf besonders gut?

Worüber freue ich mich?

D

Was gelingt mir in der Umsetzung in meinem Privatleben besonders gut?

Worüber freue ich mich?

E

Welche Reaktionen habe ich bei meinen Mitmenschen durch meine Veränderung hervorgerufen?

Wie bin ich damit umgegangen?

Was habe ich dabei gelernt?

F

Erlebe ich mich auf einem guten und förderlichen Weg?

Muss ich Kurs-Korrekturen vornehmen?

Welcher Art?

G

Wie sieht mein Stimmungsbarometer aus?

Zuversichtlich?

Pessimistisch?

Wie gehe ich damit um?

Kapitel 6

Angst und Sorge

6/1

Was mir Sorgen macht:

☐ dass ich nicht genug Geld verdiene,
☐ dass ich meine Ziele nicht erreiche,
☐ dass mich mein Arbeitspensum überfordert,
☐ dass ich mir zu wenig leisten kann,
☐ dass ich mich unsicher fühle,
☐ dass andere mich nicht anerkennen,
☐ dass ich den Anforderungen nicht gerecht werde,
☐ dass ich alte Freunde verliere,
☐ dass ich zu wenig Zeit für mich habe,
☐ dass ich nicht geliebt werde.

[1] gar nicht
[2] ein bisschen
[3] etwas
[4] sehr
[5] äußerst

Was fällt mit noch ein:
☐
☐

Ich frage mich: Nach der Stichhaltigkeit meiner Sorgen,
nach dem was ich tun muss, um den Sorgen den Boden zu entziehen.

6/2

Kann ich hilfreiche Angst von zerstörender Angst trennen oder bedeutet Angst immer Einengung?

Habe ich Angst von der Angst?

6/3

Was ist für mich das besonders Schädliche an meinen Ängsten?

Welche Auswirkungen haben diese Ängste auf mich/mein Verhalten?

6/4

Welche Ängste machen mir besonders zu schaffen?

Konnte ich in Ruhe überlegen, wie real die Dinge sind, die mir Angst machen?

Was wäre notwendig, um zu einer ruhigen Betrachtung zu kommen?

6/5

Wie stark ist meine innere Erregung, wenn ich Angst habe?

Was kann ich tun, diesen Pegel der Erregung zu senken?

6/6

Wie sind die Auswirkungen der Angst?

a) Auf mein Leistungsvermögen,
b) auf meine Beziehungen,
c) auf mein eigenes Leben.

Bitte beschreiben Sie dies genauer.

6/7

Bin ich durch Angstphantasien leicht zu belasten?

Was will ich dagegen konkret unternehmen?

6/8

Wie kann ich die Zugänge der Angst, wenn schon nicht verschließen, so doch einengen?

Kenne ich meine fundamentalen Ängste?

Welche sind das?

Welchen stelle ich mich zuerst?

6/9

Was heißt Angstüberwindung **nicht** für mich – was will ich **nicht** tun?

In welchen Schritten gehe ich vor?

6/10

Wie sind meine Erfahrungen, mit der Angst sinnvoll umzugehen, was frage ich mich dabei?

Was macht es mir leichter?

6/11

Welcher Preis ist mir beim Überwinden meiner Ängste zu hoch?

Beispiele: Erkaufte Liebe, Selbstaufgabe, Rückzug, Fassadenhaftigkeit.

6/12

Kann ich über meine Ängste mit anderen Menschen reden?

Was sind meine Hemmungen dabei?

Wie kompensiere ich meine Ängste und wodurch?

6/13

Bin ich in meiner Lebensgeschichte einmal zurückgegangen, um die Ursachen für meine Ängste zu finden?

Mit welchem Ergebnis?

6/14

Kenne ich meine falschen Wege aus der Angst?

Welche sind es?

Was will ich dagegen unternehmen?

6/15

Was lösen diese drei Feststellungen über den Umgang mit der Angst bei mir aus?

1. Ich darf Angst haben und zeigen.
2. Meine Angst bedeutet nicht Schwäche.
3. Ich bin der Angst nicht hilflos ausgeliefert.

6/16

Wie gedenke ich den Teufelskreis meiner Sorgen zu durchbrechen?

Wie gehe ich vor?

Was unternehme ich konkret?

Womit beginne ich?

Mit wem kann ich über meine Sorgen ganz offen sprechen?

6/17

Kenne ich meinen Sorgenstil?

Wie beschreibe ich ihn?

6/18

Ich horche eine bestimmte Zeit bewusst in mich hinein, um meine grübelnden und sorgenvollen Selbstgespräche zu entdecken.

Um in Zukunft achtsamer auf diese inneren und äußeren Zwiegespräche zu hören, und um sie nach und nach zu unterbinden, beachte ich dabei den »**Grübel-Stopp**«.

6/19

Kennen Sie ein Leben, dass nicht durch Leid gezeichnet wurde, einen Menschen, der keinen Schmerz erfahren hat? In jedem Leben gibt es Zeiten der Last und Finsternis, der Angst und Sorgen, aber auch Zeiten voll Freude und Sonnenschein, voll Friede und Ruhe, Augenblicke der Seligkeit.

Sehe ich das auch so?

Welche Schlüsse ziehe ich aus meiner Erkenntnis?

6/20

Wenn die Lasten Ängste sind

Benennen Sie Ihre Lasten – hier einige Beispiele:

Generelle Angst vor der Zukunft,
Angst vor Versagen, nicht genug zu leisten,
Angst vor bestimmten Personen,
Angst, meine Bedürfnisse zu leben,
Angst mich zu mir zu bekennen/ meine Schattenseiten anzuschauen.

Um welche Bewältigung will ich mich ganz ernsthaft bemühen – womit beginne ich?

Wer könnte mir bei der Aufarbeitung helfen?

Vor welchen Fehlern will ich mich besonders in Acht nehmen?

6/21

Welche Lasten bedrücken mich, behindern mein Aufleben, machen es mir schwer, mein Leben in seiner Fülle zu erfahren und zu genießen?

Geben Sie den Lasten Namen, beschreiben Sie sie.

Um welche Last will ich mich zuerst erleichtern? – Was muss ich dazu konkret tun?

6/22

Nicht förderliche Methoden gegen die Grundängste:

Erkaufte Liebe
»Wenn du mich liebst, kannst du mir nicht wehtun.«

Unterwürfigkeit
»Wenn ich nachgebe, wird man mich nicht verletzen.«

Macht
»Wenn ich mächtiger bin, kann mir keiner etwas tun.«

Distanzierung
»Wenn ich mich zurückziehe, kann mich nichts verletzen.«

Welche Verhaltensweisen kenne ich von mir?

Welche sind unbedingt zu vermeiden/ zu ändern?

6/23

Überwindung von Angst

1. Gerade dort, wo die Angst ist, geht der Weg lang.
2. Wenn die Neugierde groß genug ist, überwindet sie die Angst.

6/24

Um konstruktiv mit der Angst umzugehen, ist es wichtig, dass ich meine Angstdispositionen kenne.

Ängste bei der Kontaktaufnahme
- ☐ Angst, auf fremde Personen zuzugehen
- ☐ Angst, anderen frei in die Augen zu sehen
- ☐ Angst, andere um Rat zu fragen
- ☐ Angst, unerwartet Bekannten zu begegnen

Ängste im Bereich der Enttäuschung
- ☐ Angst, kritisiert zu werden
- ☐ Angst, beleidigt zu werden
- ☐ Angst, Zuwendung zu verlieren
- ☐ Angst, mit anderen streiten zu müssen

Ängste im Bereich der Erwartung
- ☐ Angst, helfen zu müssen
- ☐ Angst, sprechen zu müssen
- ☐ Angst, sich auf andere einstellen zu müssen
- ☐ Angst, anderen zuhören zu müssen

Ängste im Bereich der Selbstständigkeit
- ☐ Angst, von anderen Ratschläge zu erhalten
- ☐ Angst, andere beteiligen zu müssen
- ☐ Angst, Rücksicht nehmen zu müssen
- ☐ Angst, Eigenständigkeit zu verlieren

Ängste im Bereich des Zeitaufwandes
- ☐ Angst, im Beruf nicht weiter zu kommen
- ☐ Angst, etwas im Leben/Beruf versäumt zu haben
- ☐ Angst, Freizeit zu verlieren
- ☐ Angst, etwas tun zu müssen, was mir verhasst ist

Ängste im Bereich der Mitteilung
- ☐ Angst, sich mit anderen zu unterhalten
- ☐ Angst, über eigene Gefühle oder Probleme zu sprechen
- ☐ Angst, Informationen weiter zu geben
- ☐ Angst, sich mit Gefühlen oder Problemen anderer zu befassen

1 – trifft generell zu
2 – trifft häufiger zu
3 – trifft weniger zu
4 – trifft nicht zu

Was werde ich ab sofort im Umgang mit meinen Ängsten ändern?

Resümee

Was war für mich das besonders Wertvolle dieses Kapitels (neue Einsichten – Aha-Erlebnis, tiefere Berührung, Verstärkung)?

Welche Schlussfolgerungen ziehe ich daraus?

Was sind die nächsten (kleinen) Schritte bei der Umsetzung in meinem Leben/Beruf?

A

Was habe ich in den letzten Monaten wirklich ändern können?

Wie sieht die innere/äußere Bilanz meiner Verhaltensänderung aus?

Was habe ich dabei über mich gelernt?

B

Was bleibt noch zu tun?

Was ist mir noch nicht gelungen, wobei muss ich noch Geduld mit mir haben?

C

Was gelingt mir in der Umsetzung in meinem Beruf besonders gut?

Worüber freue ich mich?

D

Was gelingt mir in der Umsetzung in meinem Privatleben besonders gut?

Worüber freue ich mich?

E

Welche Reaktionen habe ich bei meinen Mitmenschen durch meine Veränderung hervorgerufen?

Wie bin ich damit umgegangen?

Was habe ich dabei gelernt?

F

Erlebe ich mich auf einem guten und förderlichen Weg?

Muss ich Kurs-Korrekturen vornehmen?

Welcher Art?

G

Wie sieht mein Stimmungsbarometer aus?

Zuversichtlich?

Pessimistisch?

Wie gehe ich damit um?

Kapitel 6.1

Pessimismus

6.1/1

Gegen das Jammern

»Ich weinte, weil ich keine Schuhe hatte, bis ich einem begegnete, der keine Füße hatte.«

Hellen Keller

Sehr bedenkenswert!

6.1/2

Optimismus
ist in seinem Wesen keine Ansicht über die gegenwärtige Situation, sondern er ist eine Lebenskraft, eine Kraft der Hoffnung, wo andere resignierten, eine Kraft, den Kopf hoch zu halten, wenn alles fehl zu schlagen scheint, eine Kraft, Rückschläge zu ertragen, eine Kraft, die die Zukunft niemals dem Gegner lässt, sondern sie für sich in Anspruch nimmt.

Es gibt gewiss auch einen dummen, feigen Optimismus, der verpönt werden muss, aber den Optimismus als Wille zur Zukunft soll niemand verächtlich machen, auch wenn er hundertmal irrt; er ist die Gesundheit des Lebens, die der Kranke nicht anstecken soll.

Es gibt Menschen, die es für unernst, Christen die es für unfromm halten auf eine bessere irdische Zukunft zu hoffen und sich auf sie vorzubereiten. Sie glauben an das Chaos, die Unordnung, die Katastrophe als Sinn des gegenwärtigen Geschehens und entziehen sich, in Resignation oder frommer Weltflucht, der Verantwortung für das Weiterleben, für den neuen Aufbau, für die kommenden Geschlechter.

Mag sein, dass der jüngste Tag morgen anbricht. Dann wollen wir gern die Arbeit für eine bessere Zukunft aus der Hand legen, vorher aber nicht.

Dietrich Bonhoeffer, evangelischer Theologe,
von den Nationalsozialisten 1945 im KZ Flossenbürg ermordet.

Zum Bedenken – gegen den Pessimismus

6.1/3

Kenne ich destruktive Erklärungsmuster bei mir?

Was will ich daran ändern und wie?

6.1/4

Zu einem erfolgreichen, gelungenen Leben ist es geradezu eine Notwendigkeit die guten und die bösen »Geister« zu unterscheiden, die in mir wirksam sind.

Was sagen diese Geister jeweils zu mir?

Was will ich tun, sie unterscheiden zu lernen und verstärkt auf die guten Geister zu hören?

6.1/5

Wie steht es um meine Fähigkeit vorzubeugen beim Sich-Sorgen-Machen?

Wie ist meine Sicht der Welt?

Was gilt es zu ändern?

Wie gehe ich mit meinen negativen Gedanken um?

6.1/6

»Ich kann nicht verhindern, dass die Krähen über meinem Haupte kreisen,
ich kann aber verhindern, dass sie auf meinem Kopf ihre Nester bauen.«

Wie will ich diese Weisheit der Indianer, in meinem Leben, bezogen auf den Pessimismus, umsetzen?

6.1/7

Was bedeutet »**flexibler Optimismus**« für mich?

Was muss ich üben?

6.1/8

Wie lauten meine Erklärungsmuster bei gemachten Fehlern/Niederlagen?

Will ich sie weiter so pflegen?

6.1/9

Bin ich vom »Pessimismus-Bazillus« befallen?

Wie sieht mein Immunsystem gegen den Pessimismus aus?

Was will ich zur Abwehrstärkung tun?

6.1/10

Wozu neige ich:

Sehe ich in Dingen/Personen eher das Negative oder das Positive ?

6.1/11

Der verzweifelte Versuch, alles in den Griff zu bekommem, alles zu beherrschen und zu kontrollieren, führt zu dem Paradoxon, dass ausgerechnet das Streben, alles abzusichern, zu Angststrategien führt, die das Gegenteil bewirken.

Wie sieht es bei mir aus? – Bin ich ein »Kontollierer«?

Was sind die tieferen Ursachen eines solchen Verhaltens?

6.1/12

Kann ich die Phasen des Optimistisch-gestimmt-Seins und auch den gelegentlichen Pessimismus konstruktiv für mich nutzen?

Worauf muss ich in beiden Phasen achten?

6.1/13

Achte ich bewusst auf den inneren Dialog, wenn ich vor Schwierigkeiten stehe?

Welche Stimmung herrscht vor?

Wie kann ich gegensteuern?

6.1/14

Kann ich unter schwierigen Bedingungen »dennoch« sagen und entsprechend handeln?

Was muss ich noch einüben?

6.1/15

Oft genug fühlen wir uns im Gefängnis, im Gefängnis unserer Angst, unserer Einsamkeit, unserer Niedergeschlagenheit.

Manchmal bilden auch die Muster aus unserer Lebensgeschichte ein Gefängnis, aus dem es uns schwer fällt auszubrechen.

Will ich den Ausbruch nicht dennoch wagen?

Worin bin ich gefangen?
- in meinem Perfektionismus?
- in meinem Zwang, die Schuld immer bei mir suchen zu müssen?
- in meinem Egoismus/Narzissmus?
- in dem ständigen Kampf gut dastehen zu müssen?
- in meinem Misstrauen?
- in meinem Sicherheitsstreben?

6.1/16

Alle unsere inneren Haltungen, unser Neid, unser Ärger, unser Selbstmitleid, unsere Ängste, unsere Wut, unsere Freude, unsere Geduld und Zufriedenheit, alles das sind Formulierungen, die wir uns immer wieder vorsagen. So lohnt es sich, auf den inneren Dialog zu hören.

Welcher Teil überwiegt?

Die negativen Einreden oder die positiven?

6.1/17

Oft haben wir das Gefühl eine Last/ein Stein läge auf unserer Brust.

Der Stein ist ein Symbol für die Blockaden, die uns am Leben hindern. Dieser Stein kann der Ballast der Vergangenheit sein oder die Angst vor den Ungewissheiten der Zukunft, es können Hemmungen sein, die uns lähmen, manchmal sind es Menschen, die wie ein Stein auf uns liegen, die Macht über uns haben und uns blockieren. So gibt es für jeden von uns einen oder mehrere belastende Steine, die verhindern, dass in uns Leben aufblüht.

Es ist eine heilsame Übung, den Steinen Namen zu geben und sie anzuschauen, dann wirft man sie weg, in einen Bach oder in einen See.

6.1/18

Heraus aus dem Negativen, entscheidend dabei ist:

Was ich mir selbst sage, wenn ich scheitere.
Was sage ich mir häufig?

Es kommt auf die Macht an, die das »Nicht-negativ-Denken« hat.
Wie stark bin ich von negativen Gedanken bestimmt?

Die destruktiven Dinge, die ich mir angesichts von Fehlschlägen sage, müssen verändert werden.

Worauf will ich besonders achten?

Resümee

Was war für mich das besonders Wertvolle dieses Kapitels
(neue Einsichten – Aha-Erlebnis, tiefere Berührung, Verstärkung)?

Welche Schlussfolgerungen ziehe ich daraus?

Was sind die nächsten (kleinen) Schritte bei der Umsetzung in meinem Leben/Beruf?

A

Was habe ich in den letzten Monaten wirklich ändern können?

Wie sieht die innere/äußere Bilanz meiner Verhaltensänderung aus?

Was habe ich dabei über mich gelernt?

B

Was bleibt noch zu tun?

Was ist mir noch nicht gelungen, wobei muss ich noch Geduld mit mir haben?

C

Was gelingt mir in der Umsetzung in meinem Beruf besonders gut?

Worüber freue ich mich?

D

Was gelingt mir in der Umsetzung in meinem Privatleben besonders gut?

Worüber freue ich mich?

E

Welche Reaktionen habe ich bei meinen Mitmenschen durch meine Veränderung hervorgerufen?

Wie bin ich damit umgegangen?

Was habe ich dabei gelernt?

F

Erlebe ich mich auf einem guten und förderlichen Weg?

Muss ich Kurs-Korrekturen vornehmen?

Welcher Art?

G

Wie sieht mein Stimmungsbarometer aus?

Zuversichtlich?

Pessimistisch?

Wie gehe ich damit um?

Kapitel 6.2
Freiheit und Lebenskunst

6.2/1

Freiheit ist ohne Versöhnung mit mir selbst, meiner Lebensgeschichte und mit meiner Umwelt nicht zu haben.

Was will ich zu dieser Versöhnung beitragen?

6.2/2

Wie funktionieren meine inneren Antreiber, meine Bannbotschaften?

Will ich den Kampf gegen sie aufnehmen?

Was will ich konkret gegen sie tun?

6.2/3

Was empfinde ich als einengende innere Zwänge?

Wie funktionieren diese Zwänge?

Welche sind leichter und welche sind schwerer zu überwinden? (Beginnen Sie mit den leichter zu überwindenden.)

6.2/4

Die großen Freiheitsverluste sind die Folge nicht beherrschter Gedanken und Gefühle.

Welche empfinde ich bei mir als besonders knechtend?

6.2/5

Es lohnt sich, für größere Freiheit seine irrationalen Vorstellungen kennen zu lernen und zu korrigieren.

Ich stelle mir eine Liste solcher Vorstellungen zusammen.

6.2/6

Sind mir Gewohnheiten bewusst, mit denen ich meine Freiheit beschneide?

Welche?

Welche will ich ändern?

Was kann ich sofort ändern?

6.2/7

Freiheit ist nur in Bindung möglich.

Wie interpretiere ich diese Aussage für mich?

6.2/8

Innere Freiheit ist an eine Reihe konkreter Voraussetzungen gebunden.

Wie weit bin ich in der Lage:
- ☐ Verzicht zu üben,
- ☐ Mut aufzubringen, gegen den Strom zu schwimmen,
- ☐ mich nicht vereinnahmen zu lassen.

1 – sehr gut 2 – mäßig gut 3 – mäßig 4 – schlecht

6.2/9

Welche Zusammenhänge sehe ich zwischen innerer und äußerer Freiheit?

Wo sehe ich konkrete Ansätze zu mehr Freiheit?

6.2/10

Wie reagiere ich, wenn ich von außen her eingeengt werde?

Wie sind meine inneren Reaktionen?

Wie verhalte ich mich?

Ist mir bewusst, dass ich unter Umständen zu den Einengungen beigetragen habe?

6.2/11

Was bedeutet mein Beruf für mich – Freiheit oder Einengung?

Welche Konsequenzen ergeben sich für mich – in meinem Denken und Handeln?

6.2/12

Wozu muss ich lernen Ja zu sagen und wozu Nein?

Ich fange bei dem für mich Einfachen an.

6.2/13

Unfreiheiten durch meine charakterliche Veranlagung:

Perfektionismus	Rigorismus (alles oder nichts)	Sturheit
Kontrollzwang	Bewertungs- und Vergleichszwang	Hilflosigkeit etc.

Wo finde ich mich wieder? (Bitte ergänzen Sie die Liste)

Wieviel Spielraum habe ich dann noch?

6.2/14

Zwänge, die oft übersehen werden:
Zwang, etwas sein zu müssen, sich beweisen zu müssen,
Zwang, Besitz anhäufen zu müssen, weit über das notwendige Maß hinaus,
Zwang, der Missgunst, des Neids und der Gier,
Zwang, der Gewohnheiten,
Zwang, sich zu verschließen.

Welche Zwänge gibt es noch?

6.2/15

Was verstehe ich für mich unter Freiheit?

Was macht für mich Freiheit aus?

Wie wird Freiheit sichtbar?

6.2/16

Was will ich zur Aufrechterhaltung/Schaffung von Freiheit tun?

Wozu will ich beitragen?

6.2/17

Welche Zusammenhänge bestehen zwischen innerem Freiraum und äußeren Freiheitsbedingungen?

Welche positiven Voraussetzungen kann ich bei mir und für mich schaffen?

Welche innere Freiheitsmanie kann ich abtragen?

6.2/18

Was sind die Kennzeichen missverstandener Freiheit?

Wo habe ich Einfluss, dem entgegen zu wirken?

6.2/19

Was traue ich mir nicht zu?

Wovor habe ich große Angst?

Was kann ich nicht vor mir selbst zulassen, geschweige denn zeigen?

Was muss ich diesbezüglich lernen?

6.2/20

Wie sieht mein Traum von Freiheit aus?

Wage ich diesen Traum zu leben?

Welche Teile lebe ich davon aus?

6.2/21

Nicht wenige Menschen leben unter dem Druck lebenslanger Bewährung

- sie dürfen keine Fehler machen,
- sie müssen sich anderen permanent beweisen,
- sie müssen sich bei anderen beliebt machen, gut in der Öffentlichkeit dastehen,

u. v. m.

Empfinden Sie so, dann ist für Sie der Weg in die Freiheit nicht leicht, aber umso notwendiger.

Wie empfinde ich mein Leben unter diesen Gesichtspunkten?

Wie fange ich an?

Was sind die ersten Schritte?

6.2/22

Worin liegen die wesentlichen Unterschiede zwischen Freiheit und Willkür?

6.2/23

Freiheit hat ihren Preis.

Welchen hat sie für mich und wie ist es um meine Bereitschaft bestellt, diesen Preis zu zahlen?

6.2/24

Freiheit wird eingeengt durch:

☐ Angst vor Verlust
☐ Angst vor Missachtung
☐ Angst vor Konflikten
☐ Abhängigkeiten (siehe Drogen)
☐ Vorurteile
☐ Gier (Triebe)
☐ Fremde Autoritäten
☐ Fremde Erwartungen/Forderungen
☐ Armut/Reichtum
☐ Hemmungen
☐ Pessimismus
☐ Illusionen/idealisiertes Selbstbild

Wo spüre ich meine Einengungen?

1 – sehr stark   2 – stark   3 – weniger stark

6.2/25

Wer oder was hindert mich an Freiheit?

Wer oder was hält mich gefangen?

Was will ich um meiner inneren und äußeren Freiheit willen tun/lassen?

6.2/26

Welcher Gewinn liegt in der Freiheit?

Was bedeutet ein Mehr an Freiheit für mich?

6.2/27

Wie definiere ich »innere Freiheit«?

Welche Defizite entdecke ich bei mir?

6.2/28

Freiheit bringt für viele Menschen zunächst Orientierungslosigkeit mit sich, besonders wenn sie vorher wenig persönliche Freiheit hatten, vor allem im Beruf.

Freiheit wird dann als Belastung und weniger als Chance erlebt.

Wie empfinde ich?

Was kann ich verbessern?

6.2/29

Anregungen

Sehen und hören was wirklich ist –
nicht was sein sollte.

Sagen was ich denke –
nicht was ich denken sollte.

Fühlen was ich wirklich fühle –
nicht was ich fühlen sollte.

Fordern was ich möchte –
nicht immer auf Erlaubnis warten.

Risiken eingehen –
ohne mich immer erst abzusichern.

Was fällt mir leichter, was schwerer?

6.2/30

In uns scheinen Kräfte am Werk zu sein, die uns daran hindern, wirklich zu leben, fröhlich und kraftvoll zu sein, zu genießen.

Es sind auch die Kräfte, die alles beim Alten sein lassen wollen.

Kann ich diese »Gegenkräfte« beschreiben?

Was will ich dagegen tun?

6.2/31

Müssen

Viele Menschen stehen unter dem inneren Druck des Müssens – zu Lasten der eigenen Freiwilligkeit.

Geliebt zu werden war für sie unlösbar verkettet mit Leisten-Müssen; Angenommenwerden und Bejahtsein war wortlos an Bedingungen gebunden. Die Angst, das Soll nicht zu erfüllen, machte sich in den Gefühlen fest.

So können diese Menschen kaum daran glauben, dass sie – so wie sie sind – liebenswert sind.

Was will ich bei mir überprüfen?

Was sind die nächsten Schritte, um mich Stück für Stück von diesen Bedingungen zu befreien?

6.2/32

Die folgende Anregung, uns zu befreien von alten Belastungen, die uns hindern, uns dem Leben zuzuwenden, verdanke ich Anselm Grün:

»Ich schreibe meine Verwundungen und all das, was auf mir lastet,
all die Kränkungen und Enttäuschungen, die mich verbittern, auf
und vergrabe sie im Garten, säe darauf Blumensamen,
damit auf dem Grab meiner Verletzungen neues Leben aufblühen kann,
und ich nicht länger in den Verwundungen herumwühle.«

6.2/33

Ein Vorbild

Der Arzt, Theologe und Musiker Albert Schweitzer, der als Missionsarzt das Tropenkrankenhaus Lambarene gründete, fasste einmal seine Maximen folgendermaßen zusammen:

»Ich will unter keinen Umständen ein Allerweltsmensch sein. Ich habe ein Recht darauf, aus dem Rahmen zu fallen – wenn ich es kann. Ich wünsche mir Chancen, nicht Sicherheiten. Ich will kein ausgehaltener Bürger sein, gedemütigt und abgestumpft, weil der Staat für mich sorgt. Ich will dem Risiko begegnen, mich nach etwas sehnen und es verwirklichen, Schiffbruch erleiden und Erfolg haben. Ich lehne es ab, mir den eigenen Antrieb mit einem Trinkgeld abkaufen zu lassen. Lieber will ich den Schwierigkeiten des Lebens entgegentreten, als ein gesichertes Dasein führen; lieber die gespannte Erregung des eigenen Erfolgs, als die dumpfe Ruhe Utopiens. Ich will weder meine Freiheit gegen Wohltaten hergeben, noch meine Menschenwürde gegen milde Gaben. Ich habe gelernt, selbst für mich zu denken und zu handeln, der Welt gerade ins Gesicht zu sehen und zu bekennen, dies ist mein Werk.«

Das alles ist gemeint, wenn wir sagen: **»Ich bin ein freier Mensch.«**

6.2/34

Weg der Freiheit

Auf dem Weg der Freiheit zu Frieden und Freude können die Fesseln folgende sein:

- Arbeit als Plage empfinden,
- nicht genießen können,
- geistige, körperliche Überforderung,
- seelische, gefühlsmäßige Verhärtung,
- Unbewusstheit
- Tyrannei des Über-Ich
- Ruhelosigkeit, Flucht
- Opfer, Abhängigkeitsempfinden
- Selbstbestrafung, quälende Schuldgefühle.

Welche Fesseln will ich gleich sprengen?

Wie sieht mein Langzeitprogramm aus?

6.2/35

Entrümpelung ist angesagt – ich befreie mich von dem **was zu viel ist**, womit ich mich belaste – von den »Füllmitteln«.

Ich konzentriere mich auf das Wesentliche.

Was will ich tun, um mich aus Abhängigkeiten zu befreien?

6.2/36

Wer kennt nicht das euphorische Gefühl, wenn alte Lasten von uns abfallen, wenn wir uns befreit fühlen. Achtsamkeit ist angesagt. Wer meint, dass jetzt alles ganz anders sei, jetzt alle hemmenden Verhaltensmuster über Bord gegangen seien, dass die Vergangenheit keine Macht mehr über ihn habe, täuscht sich leicht.

Die alten Muster sind nicht so einfach abzutöten. Wir können die Erfahrungen unserer Lebensgeschichte nicht einfach beiseite räumen. Sie werden aber nicht mehr so große Macht über uns haben, wenn wir weiterhin achtsam und wach bleiben.

Wie werde ich mich darauf einstellen?

6.2/37

Was ist ein erfülltes und erfolgreiches Leben?

Wenn ich für mein eigenes inneres Wachstum genügend sorge, komme ich nach und nach zu Freiheit und Kraft, so dass ich mir das Unglücklichsein von anderen nicht mehr aufzwingen lasse, selbst wenn ich äußerlich in derselben Position bleibe.

Wichtig ist, dass wir in uns selbst die Quelle finden, die unsere Zufriedenheit gewährleistet. Dann werden wir auch zur Quelle für andere.

Wenn wir unsere Kreativität entdeckt haben, wenn wir mit unseren Impulsen, Einfällen und Kräften verbunden sind, üben wir auf unsere Umgebung einen förderlichen Einfluss aus.

Resümee

Was war für mich das besonders Wertvolle dieses Kapitels (neue Einsichten – Aha-Erlebnis, tiefere Berührung, Verstärkung)?

Welche Schlussfolgerungen ziehe ich daraus?

Was sind die nächsten (kleinen) Schritte bei der Umsetzung in meinem Leben/Beruf?

A

Was habe ich in den letzten Monaten wirklich ändern können?

Wie sieht die innere/äußere Bilanz meiner Verhaltensänderung aus?

Was habe ich dabei über mich gelernt?

B

Was bleibt noch zu tun?

Was ist mir noch nicht gelungen, wobei muss ich noch Geduld mit mir haben?

C

Was gelingt mir in der Umsetzung in meinem Beruf besonders gut?

Worüber freue ich mich?

D

Was gelingt mir in der Umsetzung in meinem Privatleben besonders gut?

Worüber freue ich mich?

E

Welche Reaktionen habe ich bei meinen Mitmenschen durch meine Veränderung hervorgerufen?

Wie bin ich damit umgegangen?

Was habe ich dabei gelernt?

F

Erlebe ich mich auf einem guten und förderlichen Weg?

Muss ich Kurs-Korrekturen vornehmen?

Welcher Art?

G

Wie sieht mein Stimmungsbarometer aus?

Zuversichtlich?

Pessimistisch?

Wie gehe ich damit um?

Kapitel 7

Motivation

7/1

Wir Menschen verfügen über ein ausreichend großes Potenzial, um im Beruf und Leben erfolgreich zu sein.

Wie weit schöpfe ich meine Möglichkeiten aus?

Wodurch behindere ich mich?

7/2

Kenne ich das Beispiel aus der Motorwelt: Mit »angezogener Bremse« zu fahren?

Was ist dabei das Ergebnis?

Würde es sich da nicht lohnen, sich ernsthaft mit Blockierungen zu befassen?

Was kann ich mir davon versprechen?

7/3

Habe ich meine Leistungsdefizite einmal unter dem Gesichtspunkt der Motivation betrachtet?

Was erkenne ich?

7/4

Warum ich etwas tue!

Was sind meine Antriebskräfte? – Selbstmotivation

Bitte auflisten und bewerten.

Warum ich etwas nicht oder halbherzig tue!

Was sind meine Bedenken und Hemmnisse?

Bitte auflisten und bewerten.

7/5 **Was bedeutet meine Arbeit für mich?**

Was erlebe ich dabei?

Wie stark ist der Faktor Primärmotivation?

7/6 Motivation und motiviert werden, beides ist bedeutsam, aber wo, in welchem Bereich, halte ich mich mehr auf?

Ist eine Kurskorrektur angesagt?

Was will ich tun/lassen?

Worin liegt der Gewinn für mich, was kann ich erwarten?

7/7 Was ist mir bei der Betrachtung von primärer und sekundärer Motivation klar geworden?

Welche Folgerungen ziehe ich daraus?

7/8 **Welchen Stellenwert hat Eigenmotivation für mich?**

Worin äußert sich das?

Was bewirkt sie in mir?

7/9 Habe ich die Nebenwirkungen des von außen Motiviertwerdens an mir gespürt?

In welcher Art und Weise?

7/10 **Wie ist meine Einstellung zum Thema Motivieren?**

Wie weit bedarf ich der von außen kommenden Motivation?

Was erwarte ich davon für mich?

7/11 Wieweit habe ich mich mit meiner Motivationsstruktur auseinandergesetzt?

Was habe ich dabei entdeckt?

Welche Erkenntnisse habe ich dabei gewonnen?

7/12

Wie stark schätze ich meinen beruflichen Motivationsmotor ein?

Woran erkenne ich das?

7/13

Was demotiviert mich im Beruf?

Warum?

Welche Änderungen, auch in meiner Einstellung, sind förderlich/notwendig?

7/14

Wie stark sind die 16 Lebensmotive bei mir ausgeprägt?

☐ 1. **Macht** – Streben nach Erfolg, Leistung, Führung und Einfluss
☐ 2. **Unabhängigkeit** – Streben nach Freiheit, Selbstgenügsamkeit, Autarkie
☐ 3. **Neugier** – Streben nach Wissen und Wahrheit
☐ 4. **Anerkennung** – Streben nach sozialer Akzeptanz, Zugehörigkeit und Selbstwert
☐ 5. **Ordnung** – Streben nach Stabilität, Klarheit und guter Organisation
☐ 6. **Sparen** – Streben nach Anhäufung materieller Güter und Eigentum
☐ 7. **Ehre** – Streben nach Loyalität, moralischer, charakterlicher Integrität
☐ 8. **Idealismus** – Streben nach sozialer Gerechtigkeit und Fairness
☐ 9. **Beziehungen** – Streben nach Freundschaft, Freude und Humor
☐ 10. **Familie** – Streben nach Familienleben und eigenen Kindern
☐ 11. **Status** – Streben nach social standing, nach Reichtum, Titeln, öffentlicher Aufmerksamkeit
☐ 12. **Rache** – Streben nach Konkurrenz, Kampf, Aggressivität, Vergeltung
☐ 13. **Romantik** – Streben nach erotischem Leben, Sexualität und Schönheit
☐ 14. **Ernährung** – Streben nach Essen und Nahrung
☐ 15. **körperliche Aktivität** – Streben nach Fitness und Bewegung
☐ 16. **Ruhe** – Streben nach Entspannung und emotionaler Sicherheit

1 – sehr stark 2 – stark 3 – weniger stark 4 – schwach

Resümee

Was war für mich das besonders Wertvolle dieses Kapitels (neue Einsichten – Aha-Erlebnis, tiefere Berührung, Verstärkung)?

Welche Schlussfolgerungen ziehe ich daraus?

Was sind die nächsten (kleinen) Schritte bei der Umsetzung in meinem Leben/Beruf?

A

Was habe ich in den letzten Monaten wirklich ändern können?

Wie sieht die innere/äußere Bilanz meiner Verhaltensänderung aus?

Was habe ich dabei über mich gelernt?

B

Was bleibt noch zu tun?

Was ist mir noch nicht gelungen, wobei muss ich noch Geduld mit mir haben?

C

Was gelingt mir in der Umsetzung in meinem Beruf besonders gut?

Worüber freue ich mich?

D

Was gelingt mir in der Umsetzung in meinem Privatleben besonders gut?

Worüber freue ich mich?

E

Welche Reaktionen habe ich bei meinen Mitmenschen durch meine Veränderung hervorgerufen?

Wie bin ich damit umgegangen?

Was habe ich dabei gelernt?

F

Erlebe ich mich auf einem guten und förderlichen Weg?

Muss ich Kurs-Korrekturen vornehmen?

Welcher Art?

G

Wie sieht mein Stimmungsbarometer aus?

Zuversichtlich?

Pessimistisch?

Wie gehe ich damit um?

Kapitel 8 Entschiedenheit

8/1

Wie erlebe ich Halbherzigkeit?
Was sind die Folgen?
Und wie erlebe ich Entschiedenheit?
Welche Wechselwirkungen habe ich erfahren?

8/2

Ich denke an Bereiche meines Lebens, in denen ich mich voll und ganz engagiere.
Wie sind da die Ergebnisse?

In gleicher Weise betrachte ich Bereiche, in denen ich mich so »lala« verhalte.
Mit welchen Folgen?

8/3

Wie leicht oder schwer fällt es mir generell, mich ganz einer Sache hinzugeben?

8/4

Wenn ich von der »Aufschieberitis« befallen bin – was könnten die Gründe dafür sein?
Wie sieht die erfolgversprechende Behandlung aus?

8/5

Mangelnde Entschiedenheit ist oft nur ein Symptom für tiefer liegende Ursachen.
Diese zu erkennen und abzustellen ist der Ansatz, der zu Entschiedenheit führt.

Welche Ursachen könnten bei mir eine Rolle spielen?

8/6

Aus welchen Quellen schöpfe ich meine Entschiedenheit im Beruf?

8/7

Kenne ich die wahren Gründe, wenn ich sage: »Ich will nicht!«?

Welche sind das?

Von welchen kann ich mich leicht trennen?

8/8

Kann ich zu einer belastenden Situation stehen – suche ich Ausflüchte oder Lösungen?

Wozu neige ich mehr?

8/9

Kenne ich das Gift meiner Unentschlossenheit?

Was ist das Gegengift?

Bin ich ein Zauderer?

Warum?

Welche Folgen meines Zögerns habe ich erlebt?

8/10

Entschiedenheit ist erst wirklich möglich wenn wir »Herr im eigenen Haus« sind. Solange fremde Mächte uns bestimmen, werden wir halbherzig sein.

Was steht bei mir an, um Herr im eigenen Haus zu werden?

8/11

Entscheidung

Du kannst dir nicht ein Leben lang alle Türen offen halten,
um nur ja keine Chance zu verpassen.
Auch wer durch keine Türe geht und keinen Schritt nach vorne tut,
dem fallen Jahr für Jahr die Türen eine nach der anderen zu.
Wer selber leben will, der muss entscheiden:
»Ja oder Nein – im Großen und im Kleinen.«
Wer sich entscheidet, wertet, wählt und das bedeutet auch: »Verzicht«.
Denn jede Tür, durch die er geht, verschließt ihm viele andere.
Man darf nicht mogeln und so tun, als könne man beweisen,
was hinter jener Tür geschehen wird.
Ein jedes Ja – auch überdacht, geprüft – ist zugleich Wagnis und verlangt ein Ziel.
Das aber ist die erste aller Fragen:
»Wie heißt das Ziel, an dem ich messe Ja und Nein?«
Und: »Wofür will ich leben?«

Paul Roth

8/12 **Statt »Zwei-Dinge-gleichzeitig-Tun«**

Tue das, was Du tust, ganz und tue nur dieses.
Halte nichts für wichtiger als das, was Du gerade tust.

(Age quod agis)

Wie ist mein Verhalten?

8/13 Welche entgegengesetzten Kräfte mindern meine Entschiedenheit, Wollen und zugleich Nichtwollen, Ziellosigkeit, Demotivation oder Verzettelung?

Was gilt es dagegen zu tun?

8/14 Kenne ich das auch von mir, Jammern und Leiden,
aber nichts Ernsthaftes dagegen tun?

8/15 **Die falsche Orientierung**

Wem die Sicherheitsboje als wesentliche Orientierungsboje im Fluss des Lebens gilt, dem wird es allerdings auch schwerfallen, sich für den Gedanken der Wahlmöglichkeit oder gar der Entschiedenheit zu öffnen.

8/16 **Ist die Sicherheitsboje nicht zugleich meine Fessel?**

Wie kann ich mich davon frei machen?

8/17 **Sicherheit oder Wagnis**

Wenn wir aus dem Sicherheitscontainer heraus wollen, wenn wir die alltägliche Unzufriedenheit hinter uns lassen wollen, müssen wir bereit sein Neues zu wagen und eingefahrene Wege zu verlassen. Dann müssen wir aus der lähmenden Zögerlichkeit, der dümpelnden Unentschiedenheit heraus, dann ist Entschiedenheit fällig und Entschiedenheit bei der Umsetzung.

Welche Entscheidungen stehen an?

Welche Entscheidungen sind umzusetzen?

Was will ich als erstes tun?

Was fällt mir noch schwer?

8/18

Förderliche Lebenshaltung

Love it
Leave it
or Change it

1. Ich ändere das, was mir nicht gefällt.
2. Wenn ich es nicht ändern kann, dann lasse ich es.
3. Und wenn ich das auch nicht kann oder aus guten, ernst zu nehmenden Gründen nicht will, dann ändere ich meine Einstellung dazu und akzeptiere es so, wie es im Augenblick ist.

Gelingt mir diese aktive/gelebte Selbstbestimmung/Entschiedenheit?

8/19

Ich habe die Verantwortung für mein Leben, warum mich dann nicht auch bewusst für die Selbst-er-Mächtigung **entscheiden** statt für die Selbst-ent-Mächtigung, die unmerklich geschieht – und darum so gefährlich ist.

Resümee

Was war für mich das besonders Wertvolle dieses Kapitels (neue Einsichten – Aha-Erlebnis, tiefere Berührung, Verstärkung)?

Welche Schlussfolgerungen ziehe ich daraus?

Was sind die nächsten (kleinen) Schritte bei der Umsetzung in meinem Leben/Beruf?

A

Was habe ich in den letzten Monaten wirklich ändern können?

Wie sieht die innere/äußere Bilanz meiner Verhaltensänderung aus?

Was habe ich dabei über mich gelernt?

B

Was bleibt noch zu tun?

Was ist mir noch nicht gelungen, wobei muss ich noch Geduld mit mir haben?

C

Was gelingt mir in der Umsetzung in meinem Beruf besonders gut?

Worüber freue ich mich?

D

Was gelingt mir in der Umsetzung in meinem Privatleben besonders gut?

Worüber freue ich mich?

E

Welche Reaktionen habe ich bei meinen Mitmenschen durch meine Veränderung hervorgerufen?

Wie bin ich damit umgegangen?

Was habe ich dabei gelernt?

F

Erlebe ich mich auf einem guten und förderlichen Weg?

Muss ich Kurs-Korrekturen vornehmen?

Welcher Art?

G

Wie sieht mein Stimmungsbarometer aus?

Zuversichtlich?

Pessimistisch?

Wie gehe ich damit um?

Kapitel 9

Ziele

9/1

Kenne ich das Lebensziel, das meine Handlungen leitet?

Es lohnt sich, ja es ist geradezu **not-wendig**, sich über Lebensziele Klarheit zu verschaffen und sie immer wieder auf ihre Aktualität und Wirklichkeitsnähe hin zu überprüfen.

9/2

Vertragen sich meine beruflichen Ziele mit meinen privaten Zielen?

Was kommt zu kurz? Wie sähe ein guter Kompromiss aus?

Wieweit vertragen sich meine Ziele mit denen der Gemeinschaft – wo bestehen Differenzen?

Was gilt es da zu tun?

9/3

Welche Blockaden habe ich, wenn ich fremdbestimmte Ziele verfolge?

Bedenke ich bei der Zielbestimmung, dass mir der Weg zum Ziel schon Freude machen soll?

Worin besteht die Freude?

9/4

Warum können fremdbestimmte Ziele für mich so tückisch sein?

Mit welchen negativen Folgen muss ich rechnen?

9/5

Kenne ich die Problematik der »Zielfixierung« aus eigenem Erleben?

Was habe ich in diesen Fällen der Zielfixierung erlebt?

9/6

Wie realistisch sind meine beruflichen Ziele?

Stimmen sie mit meinem augenblicklichen Können überein?

Mache ich mir selbst etwas vor?

Dabei gilt es, sich die drei Kontrollfragen aus dem Buch »Beruf ist Leben«, Seite 199, zu stellen.

9/7

Wie ausdauernd bin ich im Verfolgen meiner Ziele, gebe ich bei Gegenwind bald auf?

Wenn ja, was sind die Gründe für das Aufgeben?

Wie lautet das Umschalt-Programm, wenn ich zum raschen Aufgeben neige?

9/8

Kenne ich die Kraft und die Motivation in mir, die von den wirklich selbst gesteckten Zielen ausgehen?

Wie erlebe ich das Gegenteil?

9/9

Neige ich dazu, mich schnell von anderen beeinflussen zu lassen?

9/10

Wie erlebe ich mich, wenn ich »ziellos« umherlaufe?

Wie erlebe ich mich, wenn ich auf etwas Lohnendes hin arbeite?

9/11

Persönliche Zielsetzung

Was will ich überhaupt?
Steht das Ziel im Einklang mit meinen wirklichen Interessen, Erwartungen, Wünschen und Werten?

Will ich es wirklich?
Ist mein Ziel von außen bestimmt/beeinflusst?
Wie erkenne ich fremdbestimmte Ziele?
Wie behaupte ich mich gegen Druck von außen?

Was bin ich bereit zu investieren?
Habe ich bewusst einen Preisvergleich vorgenommen und ihn auch akzeptiert?

9/12

Vorgegebene Ziele...
...sind angepasst und werden unkritisch und unrealistisch übernommen.

Erkenne ich solche Ziele bei mir?

9/13

Fremdbestimmte Zielsetzung macht Angst.

Bin ich diesen Anforderungen gewachsen?

Fühle ich die Angst von Frust und Misserfolg/Versagen?

Wie kann ich mich gegen fremdbestimmte Ziele wehren?

9/14

Der Zielsetzung entgegengesetzte Haltung

- sich treiben lassen, ziellos oder durch fremdbestimmte Ziele
- sich einengen lassen, durch absolute Fixierung auf ein Ziel

9/15

Eigene realistische Ziele...
...sind realitätsgerecht und nach kritischer innerer Auseinandersetzung getroffen.

Erkenne ich Fortschritte bei mir?

Verfolge ich mein(e) Ziel(e) konsequent?

Resümee

Was war für mich das besonders Wertvolle dieses Kapitels
(neue Einsichten – Aha-Erlebnis, tiefere Berührung, Verstärkung)?

Welche Schlussfolgerungen ziehe ich daraus?

Was sind die nächsten (kleinen) Schritte bei der Umsetzung in meinem Leben/Beruf?

A

Was habe ich in den letzten Monaten wirklich ändern können?

Wie sieht die innere/äußere Bilanz meiner Verhaltensänderung aus?

Was habe ich dabei über mich gelernt?

B

Was bleibt noch zu tun?

Was ist mir noch nicht gelungen, wobei muss ich noch Geduld mit mir haben?

C

Was gelingt mir in der Umsetzung in meinem Beruf besonders gut?

Worüber freue ich mich?

D

Was gelingt mir in der Umsetzung in meinem Privatleben besonders gut?

Worüber freue ich mich?

E

Welche Reaktionen habe ich bei meinen Mitmenschen durch meine Veränderung hervorgerufen?

Wie bin ich damit umgegangen?

Was habe ich dabei gelernt?

F

Erlebe ich mich auf einem guten und förderlichen Weg?

Muss ich Kurs-Korrekturen vornehmen?

Welcher Art?

G

Wie sieht mein Stimmungsbarometer aus?

Zuversichtlich?

Pessimistisch?

Wie gehe ich damit um?

Kapitel 9.1

Umgang mit Zeit

9.1/1

Sind Sie Opfer von **Rund-um-die-Uhr-Programmen**, damit Ihnen keine Lücke zur Besinnung entsteht?

Woher kommt das?

Welche Gegenmaßnahmen wollen Sie ergreifen?

Womit beginnen Sie?

9.1/2

Habe ich ein Zeitbewusstsein?

Wie wertvoll ist mir meine Zeit?

Wie achtsam gehe ich mit meiner Lebenszeit um?

Bin ich eher ein **Verwalter** meiner Zeit, als ein **Kreativgestalter**?

Worum will ich mich mehr bemühen?

9.1/3

Zeit für Wesentliches gewinnen wir am ehesten, wenn wir Zeitfresser erkennen und ausschalten. Als hilfreich erweist es sich, über einige Monate seinen Aktivitätenplan zu kontrollieren.

Was kann ich ohne große Verluste streichen/kürzen?

9.1/4

Bin ich Herr oder Knecht meiner Zeitplanung?

Was will ich ändern?

Was kann ich im Umgang mit Zeit am Verhalten von Kindern lernen?

9.1/5

Warum die Monats-, Jahresplanung nicht einmal anders beginnen? Zuerst Zeiten für Erholung, dann feste Zeiten für die Familie (Beziehungspflege), dann für Gesundheit und Bildung.

Je nach persönlichem Anliegen eintragen.

9.1/6

Wie ökonomisch gehe ich mit meiner Zeit um?

Wo vergeude ich sie?

Wo wäre sie sinnvoller eingesetzt?

Wie sieht mein Energiehaushalt aus, ist er im Gleichgewicht?

Welche Erkenntnisse habe ich gewonnen?

9.1/7

Ich male meinen »**Zeitkuchen**« und vergleiche die einzelnen Zeitabschnitte mit meiner Prioritätenliste.

Das Gleiche tue ich mit meinem »**Energiekuchen**«.

Zeitkuchen

Energiekuchen

Welche Einsicht gewinne ich dabei?

9.1/8

Was hat meine Zeitbilanz mir gezeigt?

Welche Einsichten habe ich gewonnen, wenn ich die Prioritätenliste mit den entsprechenden Zeitabschnitten vergleiche?

Was will ich sofort ändern?

Was mittelfristig?

9.1/9

Weiß ich um die Bedeutung des Lebens im Hier und Jetzt?

Warum beachte ich das dann nicht oder verstoße dennoch dagegen?

9.1/10

Zwei Fragen um den Zyklus sinnloser Gewohnheiten und Zwänge aufzubrechen:

1. Muss ich das unbedingt tun?

   Warum eigentlich?

2. Möchte ich das wirklich tun?

   Ist das wirklich **mein** Anliegen?

9.1/11

Die Flucht in die rastlose Tätigkeit ist vor allem auch eine Flucht vor den eigenen Problemen.

Ich weiß nicht wohin, aber ich bin schneller dort.

9.1/12

Wie kann ich meine Zeit besser ausschöpfen?

Durch bewusstes Innehalten, Zeitlöcher bewusst zur Sammlung nutzen.

Das Alltägliche würdigen, auch die so genannten »Kleinigkeiten«.

Feststehende Gewohnheiten (Rituale) schaffen, Zeitpuffer der Ruhe zwischen den Aktivitäten einfügen.

Freie Zeit auch mal ungeplant genießen, einfach etwas auf sich zukommen lassen.

Sich selbst im Nichtstun ertragen.

Was will ich mir besonders vornehmen?

9.1/13

Kann ich Prioritäten setzen? – Ich frage mich:

Ist das für mein Weiterkommen wirklich wichtig/bedeutsam?

Gelingt mir die Unterscheidung zwischen **dringend** und **wichtig**?

9.1/14

Das Dringende muss sofort erledigt werden, aber das Wichtige sollte den Vorrang haben.

Wenn etwas wichtig ist, trägt es zu unserer Lebensaussage, den Werten, den beruflichen Zielen, den obersten Prioritäten bei.

9.1/15

Gehe ich achtsam mit meiner Zeit um?

Handele ich rechtzeitig?

Neige ich zu Verdrängung/Aufschieben?

Resümee

Was war für mich das besonders Wertvolle dieses Kapitels (neue Einsichten – Aha-Erlebnis, tiefere Berührung, Verstärkung)?

Welche Schlussfolgerungen ziehe ich daraus?

Was sind die nächsten (kleinen) Schritte bei der Umsetzung in meinem Leben/Beruf?

A

Was habe ich in den letzten Monaten wirklich ändern können?

Wie sieht die innere/äußere Bilanz meiner Verhaltensänderung aus?

Was habe ich dabei über mich gelernt?

B

Was bleibt noch zu tun?

Was ist mir noch nicht gelungen, wobei muss ich noch Geduld mit mir haben?

C

Was gelingt mir in der Umsetzung in meinem Beruf besonders gut?

Worüber freue ich mich?

D

Was gelingt mir in der Umsetzung in meinem Privatleben besonders gut?

Worüber freue ich mich?

E

Welche Reaktionen habe ich bei meinen Mitmenschen durch meine Veränderung hervorgerufen?

Wie bin ich damit umgegangen?

Was habe ich dabei gelernt?

F

Erlebe ich mich auf einem guten und förderlichen Weg?

Muss ich Kurs-Korrekturen vornehmen?

Welcher Art?

G

Wie sieht mein Stimmungsbarometer aus?

Zuversichtlich?

Pessimistisch?

Wie gehe ich damit um?

Kapitel 10

Selbstwertgefühl

10/1

Habe ich ein eher positives Selbstwertgefühl oder ein eher negatives?

Woher kommt diese Einstellung?

Worauf gründet die eventuell positive Einstellung?

Was will ich überprüfen?

Welche Zusammenhänge erkenne ich?

10/2

Bei einem eher negativen Selbstbild frage ich mich, wie real ist es?

Habe ich mir da etwas einreden lassen? Wenn ja, von wem?

Kann ich mir eine neue/andere Betrachtungsweise aneignen?

Mit wem/was vergleiche ich mich?

Woher habe ich meine Bewertungskriterien?

10/3

Höre ich den inneren Dialog über mein Selbstwertgefühl und meine Selbstachtung?

Was sind die vorlauten Stimmen?

Was sagen sie?

Ich kann lernen, mehr auf die leisen, aber positiven Stimmen zu hören.

10/4

Wie weit ist mein Verhalten mir und anderen gegenüber durch Selbstachtung bestimmt?

Was kann ich zur Stärkung der Selbstachtung tun/lassen?

10/5

Ein negatives Selbstwertgefühl bedeutet, dass jemand Minderwertigkeit, Gedrücktheit, Unzufriedenheit und Selbstzweifel erlebt.

Wie kann ich mich von diesem negativen Selbstwertgefühl befreien und mir ein positiveres Selbstwertgefühl aneignen?

Wie sieht mein Entwicklungsprogramm aus? Womit beginne ich?

10/6

Ein Großteil unseres Wertgefühls beziehen wir aus dem Erkennen unserer Talente.

Was tue ich, um meinen Talenten gemäß zu leben, sie immer weiter zu entfalten?

Welche Behinderungen erlebe ich dabei – von außen und innen?

Habe ich den Eindruck, ich lebe unter meinem Wert?

Was will ich dagegen unternehmen? Womit beginne ich?

10/7

Kannst du nicht einmal den Mut bekommen, zu denken,
du wärst auch ohne Leistung und Arbeit berechtigt zu leben?

Kannst du nicht denken, du selbst, deine Person
wäre liebenswürdiger und wertvoller als deine Taten?

Kannst du dir nicht einfach einmal gestatten, an etwas anderes zu denken
als daran, was du tun musst und was du zu machen hast?

Kannst du nicht einmal dich den Empfindungen überlassen,
dass du berechtigt bist zu sein?

Eugen Drewermann

Ein äußerst lebensförderliches Selbstkonzept.

Wann will **ich** damit beginnen?

10/8

Woran ermesse ich meinen Wert?

Mache ich meinen Wert an äußeren Dingen fest?

Sehe ich die Gefahren, die von der Ableitung meines Wertgefühls von äußeren Gegebenheiten/anderen Menschen ausgehen?

10/9

Wie erlebe ich mich in den Augenblicken eines positiven Wertgefühls?

Bitte beschreiben!

Wie, wenn ich im gegenteiligen Gefühl gefangen bin?

Was will ich zu meiner Befreiung vom negativen Wertgefühl tun?

10/10

Wie kann ich mit den beiden Seiten meiner Person umgehen – den positiven und den negativen Seiten?

Welche Beziehung habe ich zu meinen Schwächen?

Wie steht es um mein Selbstvertrauen?

Was kann ich unternehmen, mein Selbstvertrauen zu stärken?

10/11

Mein Tun, mein Engagement für andere und deren Rückmeldungen sind Teil meines Selbstwertgefühls.

Wie groß ist der Teil?

Sehe ich Gefahren, die darin liegen könnten, wenn ich einen Großteil meines Wertgefühls daraus beziehe?

Wenn ja, welche?

10/12

Was beeinträchtigt mein Selbstwertgefühl?
(Ruhig einmal aufschreiben und anschauen.) Stimmt mein Bewertungssystem?

Welche Beeinträchtigungen erlebe ich bei mir, aufgrund meines eventuell eingeschränkten Selbstwertgefühls?

Wie kann ich diese Beeinträchtigungen abbauen?

Was muss ich dazu lernen?

10/13

Der ungute Geist hält uns in Angst, vermittelt uns Schuld- und Minderwertgefühle und redet uns ein, dass wir uns schämen müssen.

Woher kommen diese negativen Empfindungen?

Wie will ich solche unguten Einflüsterungen abbauen?

10/14

Ein grandioses Selbstwertgefühl ist abhängig von Leistung und der damit verbundenen Anerkennung. Wo die Leistung nicht mehr erbracht werden kann und die Anerkennung ausbleibt, bricht das Selbstbild zusammen.

Ein gesundes Selbstbewusstsein weiß um die eigenen Stärken und Schwächen und kann mit beiden förderlich umgehen.

Wie verhalte ich mich diesbezüglich?

10/15

Freiheit und Selbstverantwortung

»Es fehlt uns nicht an den Nachweisen der Glücksforschung: Entscheidungsfreiheit ist anstrengend, Entscheidungen zu treffen ist anstrengend und zwar nicht nur für bestimmte Menschen, sondern für alle. Sich anzustrengen aber heißt: Seine Kräfte zu gebrauchen. Das führt zu einem Wachsen der Kräfte. Das aktiviert, und damit wächst das Selbstbewusstsein. Und Selbstbewusstsein, das ist, nach allem was wir heute sehen, die Quelle des Glücksgefühls. Wenn aber den Menschen die Entscheidungen abgenommen werden, durch Fürsorge, Herrschaftsansprüche oder was immer, dann führt das zu einer passiven Lebensweise. Bei passiver Lebensweise verfallen die Kräfte und damit das Selbstbewusstsein. Seit langem bewundere ich die Hellsichtigkeit des Thomas von Aquin, der sagte: **>Trägheit macht traurig.<**«

Elisabeth Noelle-Neumann

Welche Gedanken habe ich bezüglich meines Verhaltens?

Resümee

Was war für mich das besonders Wertvolle dieses Kapitels
(neue Einsichten – Aha-Erlebnis, tiefere Berührung, Verstärkung)?

Welche Schlussfolgerungen ziehe ich daraus?

Was sind die nächsten (kleinen) Schritte bei der Umsetzung in meinem Leben/Beruf?

A

Was habe ich in den letzten Monaten wirklich ändern können?

Wie sieht die innere/äußere Bilanz meiner Verhaltensänderung aus?

Was habe ich dabei über mich gelernt?

B

Was bleibt noch zu tun?

Was ist mir noch nicht gelungen, wobei muss ich noch Geduld mit mir haben?

C

Was gelingt mir in der Umsetzung in meinem Beruf besonders gut?

Worüber freue ich mich?

D

Was gelingt mir in der Umsetzung in meinem Privatleben besonders gut?

Worüber freue ich mich?

E

Welche Reaktionen habe ich bei meinen Mitmenschen durch meine Veränderung hervorgerufen?

Wie bin ich damit umgegangen?

Was habe ich dabei gelernt?

F

Erlebe ich mich auf einem guten und förderlichen Weg?

Muss ich Kurs-Korrekturen vornehmen?

Welcher Art?

G

Wie sieht mein Stimmungsbarometer aus?

Zuversichtlich?

Pessimistisch?

Wie gehe ich damit um?

Kapitel 10.1 Ideale und Idealisierungen

10.1/1

Welche Einstellungen habe ich generell zu Idealen?

Was bedeuten sie für mich?

Was erlebe ich als förderlich, was als beengend?

10.1/2

Sehe ich den Zusammenhang zwischen meinem idealisierten Bild und meiner Realität und erkenne ich den Einfluss der Differenz auf mein Minderwertempfinden?

Was will ich dagegen unternehmen?

Ich-Ideal

Ich-Realität

10.1/3

Spüre ich wieviel Energie es mich kostet, meinem Idealbild zu entsprechen?

Warum versuche ich es?

10.1/4

Wie hoch liegt die Messlatte meiner Vorstellung von mir selbst?

Wie bestimmt das mein Verhalten und meine Empfindungen?

10.1/5

Wie realitätsnah sind die Bilder, die ich mir von den Menschen in meiner Umgebung mache?

Könnten die idealisierten Erwartungen Mitverursacher für Beziehungskonflikte sein?

10.1/6

Versuche ich »idealisierten« Vorbildern nachzueifern, sie zu kopieren?

Was erlebe ich dabei?

10.1/7

Sehe ich den Segen, der darin liegt,
wenn ich mich nicht selbst täusche
und auch nach außen hin ich bin,
wie ich tatsächlich bin.

Echt und authentisch!

10.1/8

Nahezu alle unsere Handlungen sind das Ergebnis von einem inneren Kräftespiel –
also ein Kompromiss der verschiedenen inneren Instanzen –
meiner individuellen Bedürfnisse, meiner Wünsche und Triebe,
meines Gewissens und meines Wertesystems,
meines Ich-Ideals und der Anforderungen der Umwelt.

Welche Kräfte sind bei mir besonders stark und welche weniger?

Wie fällt der Kompromiss aus?

Was ist notwendig, um einen für mich förderlichen Kompromiss zu gewährleisten?

10.1/9

Ideale und Idealisierung haben zwei Seiten.

Welche Seiten sind das?

Wie erlebe ich diese beiden Seiten?

10.1/10

Habe ich an mir verspürt, was es heißt:
»Beim Blick in die Ferne den Bezug zum Hier und Jetzt zu verlieren.
Vor lauter Träumerei nach dem Großen, das Kleine nicht zu beachten,
geschweige denn genießen zu können?«

Was kann ich ändern?

Wie kann ich es ändern?

10.1/11

Wie reagiere ich, wenn idealisierte Vorstellungen platzen?

Könnte ich eine andere, förderliche Einstellung zu den Vorstellungen gewinnen?

Weiß ich Visionen von Illusionen zu unterscheiden?

Worin liegen die entscheidenden Unterschiede?

10.1/12

Wenn ich am Beispiel des Prokustesbettes mein Verhalten überprüfe, welche Erkenntnisse gewinne ich?

10.1/13

Visionen sind Strategien des Handelns.
Das unterscheidet sie von Utopien.

Zur Vision gehören Mut, Kraft und die Bereitschaft, sie zu verwirklichen.

Roman Herzog (1997)

10.1/14

Sich mit Menschen/Ideen/Aufgaben zu identifizieren, kann sehr hilfreich sein – es kann aber auch schädlich sein, wenn diese Identifizierungen zu Fixierungen führen – die Aufgabe lautet dann »**Dis-Identifizierung**«:

vom Perfektionismus,
von Sorge und Leid,
von negativen Gedanken und Gefühlen,
von Begierden/Süchten,
von der Vergangenheit,
vom eigenen Ego, ja unter Umständen sogar von Menschen.

Zu welchen behindernden Identifikationen muss ich auf Distanz gehen, um meiner Freiheit willen?

10.1/15

Welchem Bild von mir will ich entsprechen, mit welchem identifiziere ich mich?

Identifiziere ich mich mit dem idealisierten Ich, das nicht der Realität entspricht?

Das hätte zur Folge, dass ich mich selbst verbiege, mir und anderen etwas vormache, eine Rolle spiele. Damit blockiere ich meine Entwicklung, werde nicht der, der ich sein könnte, werde leicht manipulierbar, mein Wertgefühl leidet, ich komme nicht zu mir selbst.

Oder identifiziere ich mich mit meinem realen Ich, mit all seinen realen Möglichkeiten und Grenzen?

Was sind meine Möglichkeiten?

Vor allem: Was/wo sind meine Grenzen?

10.1/16

Ich-Idealisierung führt leicht zu:

- Selbstüberschätzung
- Minderwertigkeitsgefühlen

Die Lösung lautet:

- Selbstannahme der Ich-Realität

10.1/17

Vom Ich-Ideal zur Ich-Realität

1. Bei Kritik, Misserfolg, moralischem Versagen, nicht abwehren, sondern dazu stehen.
2. Herauszufinden, ob dieses Versagen in der Charakterstruktur begründet ist oder nicht.
3. Fehlgelerntes Verhalten ablegen - statt zu vertuschen oder abzumildern.
4. Mir selbst, meinen tatsächlichen Begabungen und deren Grenzen weniger verstellt begegnen.

10.1/18

Akzeptanz meiner Ich-Realität

Ich darf **aufhören**:

- mit meinen Selbstvorwürfen
- mit meiner Selbstablehnung
- mit meinen Schuldgefühlen

Ich sage **Ja** zu:

- zu mir, so wie ich bin
- zu meiner Lebensgeschichte
- zu meinen Umwegen

Welches »Aufhören« gelingt mir?

Welches »Ja« gelingt mir?

Resümee

Was war für mich das besonders Wertvolle dieses Kapitels (neue Einsichten – Aha-Erlebnis, tiefere Berührung, Verstärkung)?

Welche Schlussfolgerungen ziehe ich daraus?

Was sind die nächsten (kleinen) Schritte bei der Umsetzung in meinem Leben/Beruf?

A

Was habe ich in den letzten Monaten wirklich ändern können?

Wie sieht die innere/äußere Bilanz meiner Verhaltensänderung aus?

Was habe ich dabei über mich gelernt?

B

Was bleibt noch zu tun?

Was ist mir noch nicht gelungen, wobei muss ich noch Geduld mit mir haben?

C

Was gelingt mir in der Umsetzung in meinem Beruf besonders gut?

Worüber freue ich mich?

D

Was gelingt mir in der Umsetzung in meinem Privatleben besonders gut?

Worüber freue ich mich?

E

Welche Reaktionen habe ich bei meinen Mitmenschen durch meine Veränderung hervorgerufen?

Wie bin ich damit umgegangen?

Was habe ich dabei gelernt?

F

Erlebe ich mich auf einem guten und förderlichen Weg?

Muss ich Kurs-Korrekturen vornehmen?

Welcher Art?

G

Wie sieht mein Stimmungsbarometer aus?

Zuversichtlich?

Pessimistisch?

Wie gehe ich damit um?

Kapitel 11

Lebensenergie und Wille

11/1

In der Zwickmühle:

Auf der einen Seite ziehen Bequemlichkeiten,
alte Gewohnheiten, Angst
auf der anderen Seite die Neugier, Abenteuerlust,
und Aufbruchstimmung.

11/2

Wenn ich meinen Energiefluss betrachte, kommt die Energie auch dort an, wo sie mir den größten Nutzen bringt?

Wenn nicht, wo verpufft sie? Was will ich daran ändern?

Habe ich gelernt, meine Energie zu fokussieren oder neige ich dazu, mich zu verzetteln?

11/3

Stehen Erfolg und Energieeinsatz in einem vernünftigen Verhältnis?

Wenn das Verhältnis ungut ist, wo liegen die großen Energiefresser?

Was kann ich ändern, damit Aufwand und Ertrag in einem vertretbaren Verhältnis zueinander stehen?

11/4

Was sind die Gründe dafür, dass ich mich gerne ablenken lasse?

Ist das sinnvoll und was will ich ab sofort anders machen?

11/5

Kenne ich meine widerstreitenden inneren Kräfte in Bezug auf meine berufliche Tätigkeit?

Was kann ich besser machen?

Was muss ich noch lernen?

11/6

Was sind die großen Hindernisse, die meinen Energiefluss stauen?

Warum ist das Fließgefälle so gering?

Was gibt es für mich zu tun?

Welche Folgerungen ergeben sich daraus für mich/mein Verhalten?

11/7

Wie stark schätze ich meine Willenskräfte ein?

Sind sie zu verbessern?

Wenn ja, wie?

Wie kann ich meine Willenskraft aktivieren/trainieren?

11/8

Ein gutes Leben hängt nicht davon ab, wie viel wir leisten, sondern wieviel wir uns ersparen. Um gelassen zu werden, so meint der Philosoph Seneca, sei es vor allem nötig, dass wir uns selbst richtig einschätzen, denn oft meinen wir, mehr bewältigen zu können, als wir in Wirklichkeit imstande sind.

Trifft das auch auf mich zu?

Was will ich verbessern?

11/9

Warum fällt es mir so schwer »aufzustehen«, mich dem Leben, dem Neuen, der Herausforderung des Berufs/des Lebens zu stellen?

Was hält mich zurück?

11/10

»Jeder ist seines Glückes Schmied«

Wer dies absolut so sieht und alles aus eigener Kraft erzwingen will, wird bald erschöpft aufgeben. In dieser Situation des »Nullpunkts« haben viele Menschen erlebt, dass es eine »höhere Macht« gibt, die gerade dann, wenn wir »kapitulieren« in uns wirksam wird.

Kenne ich diese Erfahrung bei mir, habe ich andere Menschen so erlebt?

Könnte ich mich vertrauend auf die »höhere« Macht verlassen?

11/11

Lebensenergie und deren sinnvolle Steuerung

Wir erfahren oft an uns selbst, dass wir uns verzetteln oder innerlich hin- und hergerissen sind. Viel Energie wird aufgewendet und dennoch ist das Ergebnis nicht zufriedenstellend.

Wie kann ich meine Energie bündeln und ausrichten?

11/12

Zur Steuerung der Lebensenergie gehört auch eine sinnvolle Lebensökonomie. Das Verhältnis von Aufwand und Ertrag ist stets mit zu bedenken.

Sind die Dinge, die ich tue, wirklich wichtig?

11/13

Der zentrale Aspekt unseres Willens ist, dass wir bewusst entscheiden, was wir tun wollen und wie wir es tun wollen.

Resümee

Was war für mich das besonders Wertvolle dieses Kapitels (neue Einsichten – Aha-Erlebnis, tiefere Berührung, Verstärkung)?

Welche Schlussfolgerungen ziehe ich daraus?

Was sind die nächsten (kleinen) Schritte bei der Umsetzung in meinem Leben/Beruf?

A

Was habe ich in den letzten Monaten wirklich ändern können?

Wie sieht die innere/äußere Bilanz meiner Verhaltensänderung aus?

Was habe ich dabei über mich gelernt?

B

Was bleibt noch zu tun?

Was ist mir noch nicht gelungen, wobei muss ich noch Geduld mit mir haben?

C

Was gelingt mir in der Umsetzung in meinem Beruf besonders gut?

Worüber freue ich mich?

D

Was gelingt mir in der Umsetzung in meinem Privatleben besonders gut?

Worüber freue ich mich?

E

Welche Reaktionen habe ich bei meinen Mitmenschen durch meine Veränderung hervorgerufen?

Wie bin ich damit umgegangen?

Was habe ich dabei gelernt?

F

Erlebe ich mich auf einem guten und förderlichen Weg?

Muss ich Kurs-Korrekturen vornehmen?

Welcher Art?

G

Wie sieht mein Stimmungsbarometer aus?

Zuversichtlich?

Pessimistisch?

Wie gehe ich damit um?

Kapitel 11.1

Gesundheit

11.1/1

Wie ist meine Einstellung zum Leid?

Wie kann ich mit Leid umgehen?

Was sind meine persönlichen Leiderfahrungen?

11.1/2

Wie gehe ich mit meinen seelischen Verwundungen um?

Gehöre ich zu denen, die die Zähne zusammenbeißen,
um die Wunden krampfhaft zu verschließen?

Lebe ich in der Illusion, dass alle unsere Wunden für immer heilen können?

Kann ich mich mit folgenden Erkenntnissen anfreunden?

Die Ohnmacht, die ich bei dem Versuch, Verwundungen loszuwerden, erlebt habe, bringt mich zu der Einsicht, die Wunden sind in mir, auch wenn sie vernarbt sind.

Erst wenn ich mich mit meinen vernarbten Wunden versöhnt habe, können sie zu meinen Stärken werden.

Will ich mich nicht mal auf die neue Sichtweise einlassen?

11.1/3

Wie ist meine Haltung zur Spiritualität, sprich Geistigkeit?

Was kommt bei mir zu kurz?

Warum nicht ein kleines spirituelles Programm gestalten?

11.1/4

Für die seelische Gesundheit wird im allgemeinen noch weniger getan, als für die körperliche.

Wie ist mein Verhalten diesbezüglich?

Wo liegt der Nachhol- oder generell, Handlungsbedarf?

Was tut meiner Seele gut?

11.1/5

Weiß ich zu unterscheiden, zwischen dem, was mir gut tut und dem, was mir schadet?

Vermag ich wirklich Nährendes von Wertlosem zu trennen?

a) in körperlicher b) in seelischer Hinsicht.

Wie weit richte ich mein Leben danach aus?

Was will ich vermeiden?

Nährende Speisen sind für mich ...

Schädliche Speisen sind für mich ...

11.1/6

Wenn ich mich einschätze: Wie sieht es um folgende Fähigkeiten bei mir aus?

- ☐ zweckfrei spielen können,
- ☐ Nichtstun, die Seele baumeln lassen,
- ☐ bei mir selbst zu sein, mit meinen Gefühlen in Kontakt zu sein,
- ☐ das Einfache sehen und schätzen,
- ☐ mehr das zu sehen, was ich habe, als das, was mir fehlt.

1 - sehr gut 2 - gut 3 - mäßig 4 - schlecht

11.1/7

Wie gehe ich mit meinen Lebensressourcen um?

Spüre ich wenn ich im roten Bereich bin?

Was tue ich, um meine Ressourcen rechtzeitig aufzufüllen?

11.1/8

Wenn ich das Beispiel des Heißluftballons auf meine Lebensweise übertrage, was muss ich konkret tun/lassen, damit die Fahrt nicht in einem Fiasko endet, sondern eine gelungene Fahrt wird?

11.1/9

Ist mein Lebensstil so, dass ich sagen kann, er ist gesundheitsförderlich?

Wie sieht das im Einzelnen aus?

11.1/10

Kenne ich die »Risikofaktoren« bezüglich meiner Gesundheit und wie verhalte ich mich?

11.1/11

Wie definiere ich Lebensqualität für mich?

Was gehört für mich dazu?

Wie bewusst trage ich zum Gelingen bei?

11.1/12

Bin ich in der Lage mit mir selbst gut umzugehen?

Was heißt »gut mit mir umgehen« konkret?

Was muss ich tun/lassen?

11.1/13

Ist mir bewusst, dass ich aus meinen alten Verletzungen, heute Nutzen ziehen kann?

Was muss ich dazu heute tun?

11.1/14

Worauf verwenden Sie mehr Sorgfalt, auf Ihr Auto oder auf Ihre Gesundheit?

Wie sollte es vernünftigerweise sein?

Welche Inspektion steht an?

11.1/15

Zur Heilung gehört die Erkenntnis, dass man kränkelt, sei es im übertragenen oder im wahren Sinne und vor allem gehört dazu der Wille zum Gesundwerden!

11.1/16

Unzufriedenheit ist ein weit verbreitetes Gefühl – ein krankmachendes zudem.
Was kann ich zu meiner Zufriedenheit beitragen?
Amerikanische Psychologen haben das Geheimnis glücklicher und zufriedener Menschen ergründet. Zufriedenheit entwickelt sich aus folgenden Erfahrungen:

☐ **1. Sinn erleben**
Wer mit Begeisterung und großem Engagement seinem Beruf oder einer anderen Tätigkeit nachgeht, ist zufriedener als jemand für den die Belohnung nur aus Geld besteht.

☐ **2. Autonomie**
Die Erfahrung, unabhängig zu sein und über sein Leben selbst bestimmen zu können.

☐ **3. Einfluss haben**
Das Geschehen um sich herum beeinflussen zu können, Mitspracherecht.

Wie weit bin ich? 1 – sehr weit 2 – mäßig weit 3 – wenig weit

11.1/17

**Hygiene wird in der westlichen Welt großgeschrieben,
vernachlässigt wird vielfach die seelische Hygiene.**
Ein sehr bedeutsamer krankmachender Faktor wird dabei übergangen,
das ist der Neid im Zusammenspiel mit der Unzufriedenheit.
Beide Faktoren werden sogar oft bewusst eingesetzt,
besonders der ehrgeizig stimulierende Neid,
der Menschen zu einem »immer mehr« anheizt.

Vorsicht:
Der Neid ist ein extrem selbstschädigendes Gefühl,
im Neidspiel bleibt man immer der Verlierer,
der Schmerz des Noch-nicht-Habens kann immer nur
für eine kurze Zeitspanne gelindert werden.

Was tue ich, um mein psychisches Abwehrsystem gegen Neid zu stärken?

Habe ich mein Anspruchsdenken kritisch überprüft?

11.1/18

Bist du schon mal bei dir im Inneren gewesen?

Hast du schon mal in dein eigenes Herz geschaut?

Wenn du immer nur an der Außenseite lebst und immer nur Interesse hast für die Fassade, für dein Aussehen und deinen guten Ruf, dann hängt dein Glück am Pendel von Äußerlichkeiten.
Dann bist du heute glücklich und morgen unglücklich, heute gut aufgelegt und morgen niedergeschlagen.

Geh mal in dich hinein, tue etwas für dein Inneres, für das Innere deines Herzens.
Tue das in einer Stunde der Stille, der Sammlung, des Gebets.

Du wirst von der Wirkung überrascht sein.

Phil Bosmans

11.1/19

Krankheit kann auf eine psychische Störung hinweisen.

1. Was wollen mir die Symptome der Krankheit sagen?
2. Wo gehe ich nicht gut mit mir um?
3. Wo störe ich mich selbst?
4. Was habe ich vernachlässigt?
5. Was brauche ich?
6. Was täte mir gut?

Wie sieht der Dialog mit meinen Symptomen aus?

Wo gebietet mir mein Körper, mich mehr zu beachten?

11.1/20

Habe ich die Grenzen der Belastbarkeit erreicht?

Wie sehr beanspruche ich meinen Körper, meinen Geist und meine Seele?

Fühle ich mich oft schlecht, gereizt und kränklich?

11.1/21

Wie sehr bin ich durch Stress und negative Umwerteinflüsse belastet?

Wie sehen die Symptome aus?

11.1/22

Welche Belastungen werden mir bewusst?

Welche Belastungen kann ich sofort abstellen?

Welche Belastungen muss ich noch aushalten?

11.1/23

Gesundheit ist auch Ausdruck von Regulationsfähigkeit, von Flexibilität, von ausreichenden Widerstandsressoucen.

Wie kann ich diese Ressourcen bei mir aktivieren?

11.1/24

Was heißt für mich »gesunder Lebensstil«?

Praktiziere ich das?

Was mache ich noch falsch?

11.1/25

Kann ich das Einfache schätzen?

Muss es immer das Große/Besondere sein?

Resümee

Was war für mich das besonders Wertvolle dieses Kapitels
(neue Einsichten – Aha-Erlebnis, tiefere Berührung, Verstärkung)?

Welche Schlussfolgerungen ziehe ich daraus?

Was sind die nächsten (kleinen) Schritte bei der Umsetzung in meinem Leben/Beruf?

A

Was habe ich in den letzten Monaten wirklich ändern können?

Wie sieht die innere/äußere Bilanz meiner Verhaltensänderung aus?

Was habe ich dabei über mich gelernt?

B

Was bleibt noch zu tun?

Was ist mir noch nicht gelungen, wobei muss ich noch Geduld mit mir haben?

C

Was gelingt mir in der Umsetzung in meinem Beruf besonders gut?

Worüber freue ich mich?

D

Was gelingt mir in der Umsetzung in meinem Privatleben besonders gut?

Worüber freue ich mich?

E

Welche Reaktionen habe ich bei meinen Mitmenschen durch meine Veränderung hervorgerufen?

Wie bin ich damit umgegangen?

Was habe ich dabei gelernt?

F

Erlebe ich mich auf einem guten und förderlichen Weg?

Muss ich Kurs-Korrekturen vornehmen?

Welcher Art?

G

Wie sieht mein Stimmungsbarometer aus?

Zuversichtlich?

Pessimistisch?

Wie gehe ich damit um?

Kapitel 11.2

Mangelsituation

11.2/1

Statt für die Bedürfnisbefriedigung zu Ersatzmitteln zu greifen, werde ich anders agieren, um Unlustgefühle und Niedergeschlagenheit zu beheben.

Was werde ich tun?

Mit wem kann ich offen über meine »Mangelsituation« sprechen?

11.2/2

Mangel-Syndrom und seine Auswirkungen

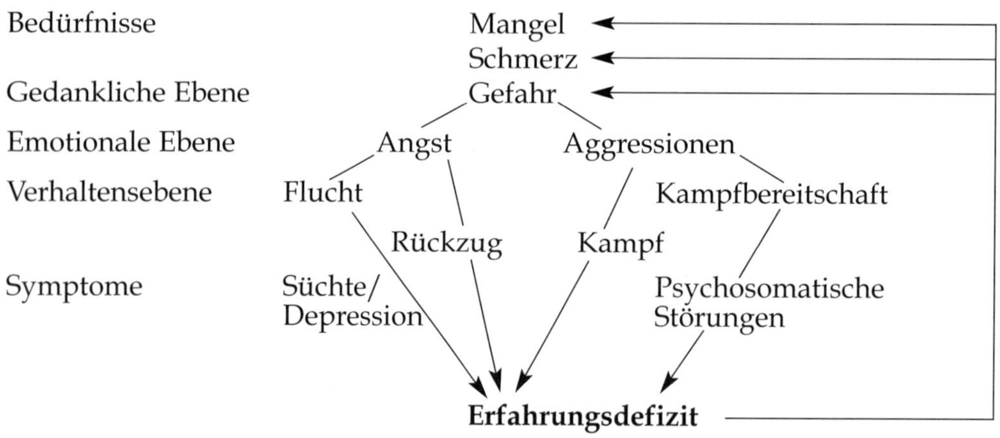

11.2/3

Wege aus dem Mangelsyndrom
Lehr- und Lernprozess:

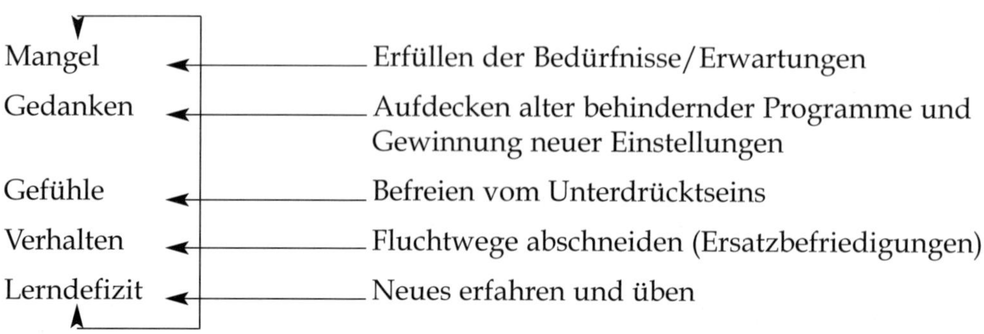

Was werde ich konkret in den einzelnen Bereichen tun?

11.2/4

Was die Seele braucht

Auf Dauer kann ich nicht ohne Raum und Zeit für mich selbst und ohne Zuwendung zu meinen seelischen Grundbedürfnissen leben.

Früher oder später muss ich eine Antwort finden auf die Fragen:

→ Was tue ich im allgemeinen für mich, damit ich mich wohlfühle »in meiner Haut«?

→ Habe ich eine Lieblingsbeschäftigung, ein Hobby?

→ Wie spanne ich aus?
Wie schalte ich ab?

→ Wo tanke ich auf?
Wo atme ich aus?

→ Kann ich mit jemandem über meine Sorgen, Nöte und Freuden sprechen?

→ Suche ich mir häufig genug Aussprachemöglichkeiten?

→ Was gönne ich mir im Alltag? - Kann ich genießen?

→ Verschaffe ich mir kleine Erfolgserlebnisse (nicht nur materieller Art)?

→ Wie stehe ich selbst zu meiner Tätigkeit?
Schätze und achte ich das, was ich tue?

→ Wie sorge ich dafür, dass meine Tätigkeit auch von anderen anerkannt wird?

11.2/5

Wie sind meine Reaktionen und Verhaltensweisen im Zustand des Mangels?

Gedankliche Ebene
Emotionale Ebene
Verhaltens-Ebene

Wo sehe ich Ansatzpunkte zu einer positiven Veränderung?

11.2/6

Wenn mir eine befriedigende Erfüllung meiner sozialen Urwünsche fehlt, neige ich zu übertriebenem Verhalten.

Welcher Art?

Welche Nachteile/Gefahren sind mit diesen Strebungen verbunden?

11.2/7

Wie erlebe ich mich in der Erfüllung meiner sozialen Urwünsche?

1. Einen Namen haben, anerkannt sein, einen guten Ruf haben.
2. Macht haben, mich ausdehnen und entfalten können.
3. Heimat haben, verwurzelt sein, dazugehören.

Wo ist mein Defizit?

Was kann ich ändern?

11.2/8

Wenn ich meine wahren Bedürfnisse nicht erfüllen kann, suche ich Kompensation (Ersatzbefriedigung).

Worin besteht diese?

Was wäre sinnvoller zu tun/zu lassen?

11.2/9

Wie stelle ich mir vor dem Hintergrund meiner Bedürfnisse ein erfülltes Leben vor?

Was will ich tun, um auf gesundem Weg zu einer Bedürfnisbefriedigung zu kommen?

11.2/10

Verstehe ich die wahren Hintergründe meiner Wut, meiner Aggression/Depression, oder meiner psychosomatischen Erkrankungen?

Was sagen die Gründe mir?

11.2/11

Fällt es mir leicht oder schwer, mich zu meinen Bedürfnissen zu bekennen und deren Erfüllung als für mich berechtigt einzufordern?

11.2/12

Wie steht es um die Befriedigung meiner personalen Grundbedürfnisse?

Verlässliche, liebevolle Beziehungen,
Anerkennung um meiner selbst willen,
Eigenverantwortlich leben zu können,
Sexualität etc.

Wo spüre ich Defizite, was kann ich unternehmen, diese Defizite zu verringern?

11.2/13

Solange wir unsere tiefsten Gefühle, zu denen auch verborgene Wut, Aggressionen und vitale Bedürfnisse gehören, in uns einschließen, solange werden wir vom Leben ausgeschlossen.

Wie steht es bei mir mit dem Ausleben meiner Gefühle und Bedürfnisse?

Was kommt zu kurz?

Was ist zu ändern?

Was blockiert mich?

Was hält mich davon ab aufzustehen, aus mir herauszugehen, auf andere zuzugehen?

11.2/14

Die Hauptnahrung der Seele besteht in dem Gefühl:

- des Angenommenseins,
- der Werthaftigkeit,
- der Geborgenheit, die auf Nähe und Geliebtsein gründet,
- der innigen Verbindung zu Mitmenschen, in der die Freude viel Platz hat.

Wie nahrhaft sind daran gemessen Nahrungsmittel?

11.2/15

Welche seelischen Defizite spüre ich?
(Beginne mit dem größten Defizit)

Welche Möglichkeiten sehe ich, diesen Mangel zu beheben?

Mit welchem Mangel arrangiere ich mich, weil nicht/zu schwer zu beheben?

11.2/16

Wie ist meine Einstellung, mein Verhalten in Krisensituationen?

Kann ich eine Krise für mich auch so deuten, dass in ihr etwas Wertvolles liegt?

Was sagt die Krise mir über mich selbst?

11.2/17

Eine Krise ist oft das Anzeichen, dass etwas aufbricht.

Was habe ich so lange unter der Oberfläche gehalten, bis es aufbricht?

11.2/18

Bin ich Sklave meiner Lebenseinstellungen?

Wo ist »Umkehr« dringend geboten?

11.2/19

Lebensförderliche persönliche Beziehungen sind ganz wichtig, um nicht »**Mangel**« zu leiden.

Tiefe innige, bedeutungsvolle Beziehungen zu anderen Menschen sind für ein gesundes Leben von großer Bedeutung.

11.2/20

Unterernährt

Wenn die Seele nicht genug Nahrung bekommt, bleibt eine ganz entscheidende Seite in uns unterentwickelt.

Wir sind dann unterernährte Menschen,

- die ohne Tiefgang durchs Leben gehen,
- die von einer oberflächlichen Beziehung in die andere oberflächliche Beziehung eilen,
- die dem Aktionismus verfallen sind,
- denen die Sensibilität für die Umwelt, für die Mitmenschen, für das, was über sie selbst hinausweist, aber auch für sich selbst, abhanden gekommem ist.

»Der Bauch ist voll, aber die Seele hat Hunger.«

Wie stelle ich mich dazu?

11.2/21

Wir möchten authentische Liebe in einer verlässlichen Beziehung erfahren.

Wo vermisse ich Empfindsamkeit und Verständnis?

Kann ich das selbst auch geben?

11.2/22

Die grundlegende Wertschätzung des Selbst und des Anderen ist ein wesentlicher Grundzug authentischer Liebe.

Kenne ich das Gefühl des eigenen Wertes?

Resümee

Was war für mich das besonders Wertvolle dieses Kapitels
(neue Einsichten – Aha-Erlebnis, tiefere Berührung, Verstärkung)?

Welche Schlussfolgerungen ziehe ich daraus?

Was sind die nächsten (kleinen) Schritte bei der Umsetzung in meinem Leben/Beruf?

A

Was habe ich in den letzten Monaten wirklich ändern können?

Wie sieht die innere/äußere Bilanz meiner Verhaltensänderung aus?

Was habe ich dabei über mich gelernt?

B

Was bleibt noch zu tun?

Was ist mir noch nicht gelungen, wobei muss ich noch Geduld mit mir haben?

C

Was gelingt mir in der Umsetzung in meinem Beruf besonders gut?

Worüber freue ich mich?

D

Was gelingt mir in der Umsetzung in meinem Privatleben besonders gut?

Worüber freue ich mich?

E

Welche Reaktionen habe ich bei meinen Mitmenschen durch meine Veränderung hervorgerufen?

Wie bin ich damit umgegangen?

Was habe ich dabei gelernt?

F

Erlebe ich mich auf einem guten und förderlichen Weg?

Muss ich Kurs-Korrekturen vornehmen?

Welcher Art?

G

Wie sieht mein Stimmungsbarometer aus?

Zuversichtlich?

Pessimistisch?

Wie gehe ich damit um?

Kapitel 11.3

Stress und Burn out

11.3/1

Das eigene Leben in Balance halten bedeutet

- die Bedürfnisse des Selbst
- die Beziehungen
- das Arbeits- und Berufsleben

so auszubalancieren, dass kein Lebensbereich die anderen dominiert und unterdrückt.

So erreichen wir, dass wichtige Bereiche unseres Lebens nicht vernachlässigt werden und verkümmern.

11.3/2

Ein Mann wurde einmal gefragt, wie er trotz seiner vielen Beschäftigungen immer so gesammelt sein könne.

Er sagte: wenn ich stehe, dann stehe ich –
wenn ich gehe, dann gehe ich –
wenn ich sitze, dann sitze ich –
wenn ich esse, dann esse ich –
wenn ich spreche, dann spreche ich –

Da fielen ihm die Fragesteller ins Wort und sagten:
Das tun wir auch,
aber was machst du noch darüber hinaus?

Er wiederholte: Wenn ich stehe, dann stehe ich ...

Wieder sagten die Leute: Das tun wir auch.

Er aber sagte zu ihnen: Nein, wenn ihr sitzt, dann steht ihr schon
wenn ihr steht, dann lauft ihr schon,
wenn ihr lauft, dann seid ihr schon am Ziel ...

Was will ich beherzigen?

11.3/3

Wie empfinde ich Stress gefühlsmäßig?

Welche Gedanken gehen mir in Stress-Situationen durch den Kopf?

Welche Verhaltensweisen zeige ich im Stress meinen Mitmenschen gegenüber?

Welche Maßnahmen ergreife ich, um den Stress besser zu kontrollieren?

Ich setze dabei Prioritäten.

11.3/4

Bin ich mir bewusst, dass ich es bin, der den Dingen Gewicht verleiht, dass die meisten Situationen letztlich meiner Bewertung unterliegen und dass ich damit die Verantwortung für das Ausmaß des Stresses trage?

Wie will ich mich sofort anders als bisher gegenüber »Stress-Situationen« verhalten?

11.3/5

Welche sind für mich die besonders schweren Stressbelastungen?

Welche ließen sich vermeiden?

Welche reduziere ich/und wie reduziere ich sie?

11.3/6

Die Schwierigkeit, es allen recht zu machen

Ein Vater zog mit seinem Sohn und einem Esel in der Mittagsglut durch die staubigen Gassen von Keshan. Der Vater saß auf dem Esel, den der Junge führte. »Der arme Junge«, sagte da ein Vorübergehender, »seine kurzen Beinchen versuchen mit dem Tempo des Esels Schritt zu halten. Wie kann man so faul auf dem Esel herumsitzen, wenn man sieht, dass das kleine Kind sich müde läuft?«
Der Vater nahm sich dies zu Herzen, stieg hinter der nächsten Ecke ab und ließ den Jungen aufsitzen. Gar nicht lange dauerte es, da erhob schon wieder ein Vorübergehender seine Stimme: »So eine Unverschämtheit. Sitzt doch der kleine Bengel wie ein Sultan auf dem Esel, während sein armer, alter Vater nebenherläuft.«
Dies schmerzte den Jungen und er bat den Vater, sich hinter ihn auf den Esel zu setzen. »Hat man so etwas schon gesehen?«, keifte eine schleierverhangene Frau, »solche Tierquälerei! Dem armen Esel hängt der Rücken durch, und der alte und der junge Nichtsnutz ruhen sich auf ihm aus, als wäre er ein Diwan, die arme Kreatur!« Die Gescholtenen schauten sich an und stiegen beide, ohne ein Wort zu sagen, vom Esel herunter. Kaum waren sie wenige Schritte neben dem Tier hergegangen, machte sich ein Fremder über sie lustig: »So dumm möchte ich nicht sein. Wozu führt ihr denn den Esel spazieren, wenn er nichts leistet, euch keinen Nutzen bringt und noch nicht einmal einen von euch trägt?« Der Vater schob dem Esel eine Hand voll Stroh ins Maul und legte seine Hand auf die Schulter seines Sohnes. »Gleichgültig, was wir machen«, sagte er, »es findet sich doch jemand, der damit nicht einverstanden ist. Ich glaube, wir müssen selbst wissen, was wir für richtig halten.«

Anthony de Mello

Welche Konsequenzen sehe ich für mich?

11.3/7

Kann ich in meinem Verhalten gut zwischen Aktivsein und Aktivismus unterscheiden?

Worin liegen die Unterschiede?

Beachte ich die vielen »kleinen« alltäglichen Stressbelastungen?

Wie reagiere ich darauf?

11.3/8

In welchen Verhaltensweisen finde ich mich wieder?

Ausgeprägt idealistisch, hohe Selbstanforderung

Erfolgszwang	Anerkennungsabhängig
Helfer-Syndrom	Selbsterniedrigend
Selbstüberschätzung	Omnipotenz-Streben
Scham- und Schuldanfälligkeit	Perfektionismus

11.3/9

Wie schätze ich mich ein? – Eher stressstabil
– Eher stressempfindlich

Woran erkenne ich das?

Wie erlebe ich mich, wenn ich unter Stress stehe?

Welche Folgerungen ziehe ich aus den Einsichten?

11.3/10

Bin ich ein »Burn out Gefährdeter«?

Was sind meine »Burn out Symptome«?

Welche sind die äußeren Gefährdungen?

Wenn ich meine Lebensgeschichte betrachte, kann ich darin ein burn out-trächtiges Lebensskript erkennen? Wie lautet dieses?

11.3/11

Wenn ich die drei Hauptmerkmale von Burn out betrachte, welches Kennzeichen trifft für mich zu?

1. Körperliche Erschöpfung
2. Unbewältigte psychische Belastungen
3. Unzufriedenheit in wesentlichen Lebensbereichen

Was steht zur Besserung an?

11.3/12

Statt krampfhaft nach dem ganz Besonderen Ausschau zu halten oder ihm hinterher zu jagen, ist es dienlicher, jetzt mit Hingabe und Freude zu tun, was mir heute aufgetragen ist.

Wäre dieses Verhalten erfolgversprechender und nervschonender für mich?

11.3/13

Herr, gib mir die Weisheit,
das, was ich ändern kann, von dem zu unterscheiden,
was ich nicht ändern kann,
und die Kraft,
das zu ändern, was ich ändern kann,
und die Gelassenheit,
das zu ertragen, was ich nicht ändern kann.

von Teresa von Ávila (1515 - 1582)

Sehr wohl bekannt, aber nicht einfach zu leben – was will ich einüben?

11.3/14

Fühlen Sie sich vom Stress ausgelaugt?

- ☐ Rennen Sie immer schneller und bleiben doch weiter zurück?
- ☐ Haben Sie genug Zeit für sich?
- ☐ Werden sie launisch, reizbar oder depressiv, wenn die Dinge nicht nach Ihrer Nase gehen?
- ☐ Sind Sie einen großen Teil Ihrer Zeit mit Gedanken der Rache, Groll, des Neides, der Eifersucht, der Angst und Sorge beschäftigt?
- ☐ Hat Ihr Leben für Sie einen Sinn?
- ☐ Sind Ihre Beziehungen gesund und nährend für Sie?
- ☐ Kennen Sie sich?
- ☐ Mögen Sie sich?

1 – trifft zu 2 – trifft öfter zu 3 – trifft gelegentlich zu 4 – trifft nicht zu

11.3/15

Zehn Ursachen für Burn out

- ☐ Selbstausbeutung/Überforderung/Karrieredruck
- ☐ Fremdausbeutung/zu hohe Anforderungen an Partner
- ☐ Bedürfnisunterdrückung/geistig, körperlich, emotional, sozial
- ☐ Private Krise/Entfremdung, Schuldgefühle, Geldprobleme
- ☐ Arbeitsbelastung/Dauerstress, unzureichendes Zeitmanagement
- ☐ Wertekonflikt/Unbefriedigende Mehrzielentscheidung
- ☐ Geringe Identifikation mit Berufsausübung bzw. der Gemeinschaft
- ☐ Sinndefizite/»So what Syndrom« (Was soll's...)
- ☐ Ohnmachtsgefühle/Einengung durch Grenzen/Zweifel an Veränderbarkeit
- ☐ Identitätsprobleme/geringes Selbstwertgefühl

1 – trifft zu 2 – trifft öfter zu 3 – trifft gelegentlich zu 4 - trifft nicht zu

Was will ich ändern?
Was sind die nächsten Schritte?

11.3/16

Glück besteht in der Kunst, sich nicht zu ärgern,
dass der Rosenstrauch Dornen trägt,
sondern sich zu freuen,
dass ein Dornenstrauch Rosen trägt.

Arabisches Sprichwort

11.3/17

Wenn wir ständig hetzen, nicht zur Ruhe kommen, leben wir außerhalb von uns, wir haben keine Zeit für unsere Herzen, auch die Türen zu den Menschen um uns herum sind verschlossen.

Was will ich tun/lassen, um wieder Zugang zu mir selbst und zu anderen zu gewinnen?

11.3/18

Es gibt viele Formen der Überforderung, auf zwei sei hier hingewiesen, die wir oft nicht gleich als Auslöser von Stress/Burn out wahrnehmen.

Die Haltung: 1. Alles oder Nichts
2. Alles gleichzeitig und das sofort

Neben den Stressreaktionen sind weitere Folgen: Niedergeschlagenheit, Aufgeben, Verstärkung abwertender Haltungen und Entmutigung.

11.3/19

Der Unterschied zwischen Grübeln und normalem Nachdenken über eine Problemsituation liegt in der zwanghaften Rückkehr zum Thema.

Die zum Grübeln veranlagten Menschen tendieren dazu tagelang über unangenehme Situationen nachzudenken und verharren so im emotionalen Belastungszustand.

Wieweit bin ich in der Lage mich von Stresssituationen zu distanzieren?

Was will ich verbessern?

Wie gehe ich vor?

11.3/20

Was gönne ich mir, was sind die Dinge, die ich mir aktiv zuführe?

- ☐ Gesunde, regelmäßige Ernährung
- ☐ Offene Gespräche
- ☐ Spaziergänge
- ☐ Ausgleichende Hobbies
- ☐ Genügend Schlaf
- ☐ Ruhepausen
- ☐ Sportliche Aktivitäten

Von »innen« sind die Dinge zu nennen, die mein »inneres Fundament« betreffen und der »Energiezufuhr« ihre Richtung geben.

- ☐ Gesundheitsbewusstsein
- ☐ Gesprächsbereitschaft
- ☐ Realistische Selbsteinschätzung
- ☐ Geborgenheitsgefühl
- ☐ Selbstvertrauen
- ☐ Arbeitsfreude/-Wille
- ☐ Erfolgswünsche/Motivation

Quelle: Burn out als Chance

1 – häufig 2 – manchmal 3 – leider nein

Woran will ich etwas ändern?

Wie will ich es ändern?

11.3/21

Der Glaube an sich selbst ist eine wirksame Stressabwehr.
Wir können lernen, den Glauben an die eigenen Möglichkeiten zu stärken.

Ein besonders wirksamer Stressblocker ist die Neubewertung der primären Einschätzung.

Wer eine kritische Situation gleich zu Beginn gedanklich »entschärfen« kann, vermeidet die heftigen Stressreaktionen.

Wie steht es um meine Fähigkeiten den Stress zu entschärfen?

Worauf will ich in Zukunft besonders achten?

Was will ich lernen?

Resümee

Was war für mich das besonders Wertvolle dieses Kapitels (neue Einsichten – Aha-Erlebnis, tiefere Berührung, Verstärkung)?

Welche Schlussfolgerungen ziehe ich daraus?

Was sind die nächsten (kleinen) Schritte bei der Umsetzung in meinem Leben/Beruf?

A

Was habe ich in den letzten Monaten wirklich ändern können?

Wie sieht die innere/äußere Bilanz meiner Verhaltensänderung aus?

Was habe ich dabei über mich gelernt?

B

Was bleibt noch zu tun?

Was ist mir noch nicht gelungen, wobei muss ich noch Geduld mit mir haben?

C

Was gelingt mir in der Umsetzung in meinem Beruf besonders gut?

Worüber freue ich mich?

D

Was gelingt mir in der Umsetzung in meinem Privatleben besonders gut?

Worüber freue ich mich?

E

Welche Reaktionen habe ich bei meinen Mitmenschen durch meine Veränderung hervorgerufen?

Wie bin ich damit umgegangen?

Was habe ich dabei gelernt?

F

Erlebe ich mich auf einem guten und förderlichen Weg?

Muss ich Kurs-Korrekturen vornehmen?

Welcher Art?

G

Wie sieht mein Stimmungsbarometer aus?

Zuversichtlich?

Pessimistisch?

Wie gehe ich damit um?

Kapitel 12

Ich - Du

12/1

Nicht allein so schlau

In einem Dorf sollte ein großes Fest gefeiert werden
und jeder Dorfbewohner sollte dazu beitragen,
indem er eine Flasche Wein in ein riesiges Fass goss.
Als das Fest begann und das Fass angezapft wurde,
kam nur Wasser heraus.
Einer der Dorfbewohner hatte sich gedacht:
»Wenn ich eine Flasche Wasser in dieses große Fass schütte,
wird niemand den Unterschied merken.«
Woran er jedoch nicht gedacht hatte war,
dass jedermann im Dorf auf denselben Gedanken
gekommen sein könnte.

Anthony de Mello

12/2

Konzept gegen den Egoismus

Nur wer sein Selbst entwickelt,
kann sich selbst zugunsten eines anderen zurücknehmen.

Nur wer selbst über ein hohes Maß an innerer Freiheit verfügt,
kann sie anderen gewähren.

Nur wer sich selbst annehmen kann,
kann andere annehmen.

Wo muss ich bei mir besonders achtsam sein?

Was muss ich bei mir fördern?

12/3

Was einmal für das kindhafte Überleben notwendig und hilfreich war, die Verdrängung aggressiver Impulse, um nicht von Ängsten überrollt zu werden, wird jetzt im Erwachsenenleben zur Fessel und behindert die Durchsetzung berechtigter Wünsche und Forderungen.

Wie steht es dabei um mich?
Was will ich konkret tun?

Wo habe ich Nachholbedarf?
Womit behindere ich mich heute noch?

12/4

Die Unterwerfung unter den mächtigen Einfluss anderer Menschen verschafft mir im Augenblick Ruhe, in Wahrheit verhindere ich die Entwicklung meiner individuellen Persönlichkeit.

Zu welchen Gunsten habe ich persönliche Freiräume aufgegeben?

Was will ich tun/lassen um mehr Eigenständigkeit zu erlangen?

12/5

Wer mit sich allein ist, ist in schlechter Gesellschaft.

Habe ich diese Erfahrung auch schon gemacht?

12/6

Wie gelingt es mir heute ein »**egoistischer Altruist**« zu sein?

Wie drückt sich diese Haltung in meinem Tun aus?

12/7

Warum sind gute »Ich - Du Beziehungen« für mich so bedeutsam?

Wie sollten sie aussehen?

Was bin ich bereit dafür zu tun?

12/8

Wie erlebe ich das Spannungsfeld von »Ich - Du«?

Warum in dieser Weise?

Weiß ich, was mir und dem Anderen zusteht?

Was wäre das?

12/9

Wie verhalte ich mich in einem egoistisch geprägten Umfeld?

Wo ordne ich mich unter?

Warum ordne ich mich unter?

Wo beziehe ich eindeutig Stellung und wie geschickt bin ich dabei?

Was habe ich zu lernen?

12/10

Liebe deinen Nachbarn,
aber reiße den Zaun nicht ein.

Wie will ich dieses Sprichwort in meinem Beruf anwenden?

12/11

Wohin neige ich, wenn ich die beiden Extreme – egoistische Zentrierung oder Altruist sein (sich aufgeben, verbunden mit Abhängigkeit von anderen) – betrachte?

Was ist für mein Weiterkommen zu verändern und warum?

Worin liegen die Gefahren für mich, aber auch für die anderen?

Welchen Preis will ich nicht bezahlen?

12/12

Wie sieht mein Weg zwischen den beiden Extremformen aus?

Wie will ich ihn gestalten?

Worauf will ich besonders achten?

Wo sind meine Fallen, in die ich schon oft getreten bin?

12/13

Worin liegen die Gefahren und zugleich die Nachteile eines Kosten-Nutzen-Denkens in meinen privaten Beziehungen?

Inwieweit ist dieses Denken im Geschäftsleben angebracht?

Welche Schlüsse ziehe ich für mein Verhalten daraus?

12/14

Was bedeutet Autonomie in meinem Leben?

Was tue ich dafür?

12/15

Unser Ich-Du-Verhalten schwankt oft zwischen starrer Selbstbehauptung und ängstlicher Unterordnung.

Wozu neige ich mehr?

12/16

Wahre Nähe

Menschliche Beziehungen unterliegen leicht der Gefahr, besitzergreifende Formen anzunehmen. Es gehört zur Kunst des Liebens auch die Kunst, einander Raum zu gewähren.

Wenn wir in den Raum des anderen eindringen und ihm nicht erlauben, ein freier Mensch zu sein, stiften wir in unseren Beziehungen viel Kummer und Enttäuschung.

Wie ist mein Verhalten?

Was gibt es zu ändern?

12/17

Ohne Versöhnung gibt es mit mir selbst und mit anderen keinen Frieden. Versöhnung ist kein einmaliges Geschenk. Es gibt viele Augenblicke in unserem Leben, in dem die Notwendigkeit zur Versöhnung besteht.

Wie oft hegen wir feindselige Gefühle und Gedanken gegen uns und gegen andere?

Wie oft sind wir in kleine und große Kriege verwickelt?

Zu gerne wollen wir dies nicht wahrhaben, damit verbauen wir uns jedoch die Chance, um zu einem inneren und äußeren Frieden zu gelangen.

Wie verhalte ich mich?

Warum fällt mir Versöhnung schwer?

Wo wäre Versöhnung dringend geboten?

Resümee

Was war für mich das besonders Wertvolle dieses Kapitels (neue Einsichten – Aha-Erlebnis, tiefere Berührung, Verstärkung)?

Welche Schlussfolgerungen ziehe ich daraus?

Was sind die nächsten (kleinen) Schritte bei der Umsetzung in meinem Leben/Beruf?

A

Was habe ich in den letzten Monaten wirklich ändern können?

Wie sieht die innere/äußere Bilanz meiner Verhaltensänderung aus?

Was habe ich dabei über mich gelernt?

B

Was bleibt noch zu tun?

Was ist mir noch nicht gelungen, wobei muss ich noch Geduld mit mir haben?

C

Was gelingt mir in der Umsetzung in meinem Beruf besonders gut?

Worüber freue ich mich?

D

Was gelingt mir in der Umsetzung in meinem Privatleben besonders gut?

Worüber freue ich mich?

E

Welche Reaktionen habe ich bei meinen Mitmenschen durch meine Veränderung hervorgerufen?

Wie bin ich damit umgegangen?

Was habe ich dabei gelernt?

F

Erlebe ich mich auf einem guten und förderlichen Weg?

Muss ich Kurs-Korrekturen vornehmen?

Welcher Art?

G

Wie sieht mein Stimmungsbarometer aus?

Zuversichtlich?

Pessimistisch?

Wie gehe ich damit um?

Kapitel 12.1

Beziehungen

12.1/1

Welchen Einfluss hat mein Umfeld, in das ich eingebunden bin, auf meine Beziehungsgestaltung:

a) beruflich b) privat?

Welche Folgerungen ergeben sich für mich aus diesen Einsichten?

12.1/2

Sokrates' Nachbar eilte herbei: »Sokrates, Sokrates«, rief er voller Eifer, »weißt du schon?« »Halt«, unterbrach ihn Sokrates, »hast du das, was du mir sagen willst, zuerst **durch die drei Siebe gesiebt**? Hast du die Geschichte auf ihre Wahrheit hin überprüft, ist der Inhalt wohlwollend und ist es nützlich für mich, ihn zu kennen? Wenn nicht, so nimm mir nicht meine Zeit.«

Wie groß wäre der Nutzen, wenn ich ab und zu ähnlich verfahren würde?

12.1/3

Ich möchte Dich lieben, ohne Dich einzuengen,
Dich wertschätzen, ohne Dich zu bewerten,
Dich ernst nehmen, ohne Dich auf etwas festzulegen,
zu Dir kommen, ohne mich Dir aufzudrängen,
Dich einladen, ohne Forderungen an Dich zu stellen,
Dir etwas schenken, ohne Erwartungen daran zu knüpfen,
von Dir Abschied nehmen, ohne Wesentliches versäumt zu haben,
Dir meine Gefühle mitteilen, ohne Dich für sie verantwortlich zu machen,
Dich informieren, ohne Dich zu belehren,
Dir helfen, ohne Dich zu beleidigen,
mich um Dich kümmern, ohne Dich verändern zu wollen,
mich an Dir freuen, so wie Du bist.

N.N.

Ich werde mir diese Zeilen immer mal wieder ins Bewusstsein bringen.

12.1/4

Das Danken ist eine Brücke von Mensch zu Mensch, es schenkt Zusammengehörigkeit. Der dankbare Mensch ist der beziehungsfähige Mensch, der du-offene Mensch. Dankbarkeit führt auch zur Annahme meines Selbst und ist damit eine der ganz wesentlichen Voraussetzungen dafür, dass mir mein Leben und Beruf Freude machen und gelingen. Das Gegenteil – Undankbarkeit – zerstört.

Wie weit gelingt mir Dankbarkeit?

12.1/5

Unsere Zeit leidet allzu sehr unter der Vorstellung, dass alles berechnet und geplant werden muss, dass es Fehler und Schuldige gibt. Eine Heilung wäre zu suchen in der Erkenntnis, dass menschliche Beziehungen aufbaubar sind – so lässt man in der Dürre des Berechenbaren die frische Brise des Vertrauens, des Glaubens an den Anderen, der Treue zum Anderen wehen. Es ist wohl an der Zeit, dieses Überraschende zu erkennen. Die Welt würde sich freuen und wir alle mit ihr.«

frei nach Prof. Friedrich Weinreb

Ist das nicht auch anregend für mich und die Gestaltung meiner Beziehung(en)?

12.1/6

Die kleinen Freuden »Sonnenstrahlen«

»Die meisten Menschen verlangen zu viel vom Leben, weit mehr als es ihnen unter normalen Umständen bieten kann. Sie verachten die kleinen Freuden auf der Jagd nach den großen. Die Kunst aber besteht darin, die kleinen Freuden überhaupt zu sehen, zu finden und zu empfangen.«

Die kleinen Freuden – das sind nicht die großen Geschenke, sondern die unzähligen Kleinigkeiten, die den Tag schöner machen: die Worte, die ich dem Partner, meinem Nächsten, den Nachbarn, den Kindern, einem Kranken sage, die kleinen Zeichen, die ich gebe, die Lichter, die ich anstecke, die Zeit, die ich einem Menschen schenke.

Liebe steckt im Detail. Sie ist unberechenbar, einfach, bescheiden und herzlich. Das sagt auch die Lebensweisheit:
»Geteiltes Leid ist halbes Leid und geteilte Freude ist doppelte Freude.«

Wenn ich mir dies zu Herzen nehme, was mache ich dann anders?

12.1/7

Lebensförderliche persönliche Beziehungen ...

vermögen wir erst dann zu haben, wenn wir unsere Masken, unsere falschen Absichten, unsere Oberflächlichkeit und unsere Unwahrhaftigkeit ablegen, wir also all das auf die Seite legen, was wir uns zulegen, um in den Augen anderer annehmbar oder sogar bewundernswert zu erscheinen.

Erst, wenn das geschieht, vermag uns der Andere so zu sehen wie wir sind.
Das ist die unabdingbare Basis für jede tiefe, fruchtbare und lebensspendende Beziehung.

In solchen Beziehungen kann auch das Grundbedürfnis des Menschen dazu zu gehören, verwirklicht werden.

Ist das für mich äußerst erstrebenswert?

12.1/8

Eine förderliche »Ich - Du Beziehung« gründet auf dem Wunsch zu wachsen, sich durch die gelebte Beziehung zu entfalten und sie gründet auf dem Wunsch, dass der Partner dasselbe tun möge.

St. Peele

Wie verhalte ich mich?

12.1/9

Anregungen für Begegnungen

1. **Auf den Anderen zugehen statt abzuwarten.**
   Wie oft zögern wir, wer macht den ersten Schritt?
2. **Dem Gesprächspartner nicht fertige Antworten geben, sondern an seinen Fragen Anteil nehmen.**
   Wie oft geben wir Ratschläge, ohne das Anliegen und die Problematik wirklich zu kennen?
3. **Durch einfühlsames Fragen neue Denkanstöße auslösen.**
   Wie oft sind wir entweder nur neugierig oder berichten nur von uns?
4. **Vom Blickwinkel des Anderen aus sehen, hören und denken schafft eine Atmosphäre des Verstehens und macht Mut zu neuen Erfahrungen.**
   Wie oft ist uns unsere Sicht der Dinge der einzige gültige Maßstab?
5. **Lautstarke, große Worte erzeugen allergischen Widerstand.**
   Wie oft glauben wir durch lautstarkes Reden zu überzeugen?
6. **Anregungen finden dann einen Widerhall, wenn ein Gespräch von Verständnis und Nächstenliebe geprägt ist.**
   Wie oft steht uns unser Ego im Weg?
7. **Der Andere will gern selbst entdecken, nicht Vorgesagtes nachsagen.**
   Wie oft wollen wir zeigen, was wir wissen?
8. **Andersdenkende können sich am ehesten öffnen, wenn sie uns als lernbereit erleben.**
   Wie oft pochen wir auf unsere Erfahrung?
9. **Dem Anderen auf seiner Ebene begegnen. Wenn er voller Enttäuschung ist, braucht er nicht einen Optimisten als Gesprächspartner, sondern einen, der Anteil nimmt und mithilft, seine Enttäuschung zu »entsorgen«.**
   Wie oft reden wir, statt einfach anteilvoll zuzuhören?
10. **Zweifel werden nicht durch Argumente überwunden, sondern durch Vertrauen.**
    Wie oft verspielen wir unsere Glaubwürdigkeit?
11. **Gesprächsbarrieren werden in der Regel nicht durch Gesprächstechnik aufgehoben, sondern durch persönliches Interesse und Vertrauen, das ich in den Anderen investiere.**
    Wie oft greifen wir in »die Trickkiste« der Kommunikation?
12. **Ich muss mich nicht stark geben. Es gibt keine Gemeinschaft unter den Stark-sein-Müssenden.**
    Wie oft stehe ich unter dem Zwang »keine Schwäche« zu zeigen?

12.1/10

Wie steht es um meine Fähigkeiten zu förderlicher Beziehungsgestaltung, gemessen an den fünf folgenden Faktoren:

☐ 1. Selbsterkenntnis
☐ 2. Selbstbeherrschung
☐ 3. Selbstdisziplin
☐ 4. Selbstachtung
☐ 5. Selbstannahme

1 – ausgesprochen gut
2 – gut
3 – zufriedenstellend
4 – unzureichend

12.1/11

Warum sind die Menschen, die mir sympathisch sind, sympathisch?

Wie kann ich Sympathie fördern?

Was will ich dafür tun?

12.1/12

Warum ist Empathie für eine lebensförderliche Beziehung unabdingbar?

Wenn ich den Grad meiner Einfühlsamkeit bedenke, wie groß ist er?

Was ist verbesserungswürdig?

Was will ich einüben?

Was will ich vermeiden?

12.1/13

Wie weit komme ich ohne ständiges Mich-Vergleichen in meinen Beziehungen aus?

Achte ich auch auf die versteckten Vergleiche mit anderen?

Welche Gefahren liegen in dem Mich-Vergleichen?

12.1/14

Eine gute förderliche Beziehung ist gekennzeichnet durch:

Geborgenheit und Offenheit
Echtheit, Wahrhaftigkeit
Zärtlichkeit und Intimität
Gegenseitige Förderung
Achtung der Würde
Angenommensein ohne Vorbehalte
Vertrauen und Fairness

Gibt es solche Faktoren in meinen Beziehungen?

12.1/15

Sehe ich die Gefahren bei mir, die in einem großen **Anlehnungsbedürfnis** liegen?

Welcher Art sind die Gefahren, auf was will ich besonders achten?

Sehe ich die Gefahren bei mir, die in einem großen **Anerkennungsbedürfnis** liegen?

Welcher Art sind die Gefahren, auf was will ich besonders achten?

12.1/16

Worin sehe ich für mich die größten Gefahren einer symbiotischen Bindung oder Kollision?

a) im Privaten b) im Beruflichen

Wie schwer fällt mir das Loslassen?

Was will ich dagegen tun?

12.1/17

Suche ich Pseudoharmonie in meinen Beziehungen oder riskiere ich auch konstruktiven Widerstand, im Sinne von gegenseitiger Herausforderung?

Warum ist letzteres so förderlich?

12.1/18

Wie bewusst lebe ich die Aussage von Martin Buber:
»Alles wesentliche im Leben ist Begegnung«?

Warum sind andere Menschen für mein Leben so bedeutsam?

Welche Beziehungen bedürfen größerer Aufmerksamkeit und Pflege?

12.1/19

Es ist ein Unterschied, ob ich jemanden liebe,
oder ob ich ihm »Gutes« tun will.
Bedenke, das Gute, das ich einem anderen tun will,
ist ein Ergebnis meiner Vorstellung vom Guten.
Ich meine, dass er dies oder jenes benötigt,
an Unterstützung, Ermahnung, Lob und Tadel etc.
Aber stets sollte ich mich fragen, ob der andere das auch so will,
ob es wirklich für ihn gut ist oder nur in meiner Vorstellung.
Vielleicht wäre es förderlicher, den Anderen einfach zu lieben,
nichts an ihm/ihr ändern, verbessern zu wollen,
den/die Andere gelten und sich nach den eigenen Gesetzen entfalten zu lassen.

Bin ich achtsam genug?

Vermag ich zu unterscheiden?

12.1/20

Füreinander sein, heißt einander zu lassen, Raum zu geben. Das heißt, darauf zu verzichten, einander zu dirigieren. Wenn wir einander fördern, besagt dies, voneinander nicht zu viel zu fordern und Abstand davon zu nehmen, den anderen nach unseren eigenen Maßstäben zu bewerten.

Wie gestalte ich, an diesen Aussagen orientiert, meine Beziehungen?

Was muss ich ändern? Wozu neige ich leicht?

12.1/21

Leidensfreie und streitfreie Beziehungen sind eine Sehnsucht, die wir in uns tragen, sie sind Illusion, und wenn sie zu einer fixen Idee werden sogar schädlich, denn sie verhindern den Umgang mit der Realität und führen zu Pseudoharmonie.

Welche Einstellung finde ich dazu?

12.1/22

Ein menschliches, beglückendes Miteinander ist nur in angst- und herrschaftsfreien Räumen möglich.

Was kann ich dazu beitragen, dass in meiner Umgebung solch eine Atmoshpäre entsteht?

12.1/23

Wer ist für mich eine Stütze?

Wem bin ich eine Stütze?

12.1/24

Was tue ich für die Tragfähigkeit?

Worauf achte ich in Bezug auf Abhängigkeit?

12.1/25

Für eine intakte Beziehung ist es wichtig, das Muster meiner Beziehungen zu kennen.
Dabei gehe ich folgenden Leitfragen nach:

Wie stehe ich zu mir selbst in Beziehung?
Wie ist mein Kontaktverhalten?
Wie gehe ich mit meinen/fremden persönlichen Grenzen um?
Was wünsche und brauche ich zutiefst in Beziehungen, um mich geliebt zu fühlen?
Was verletzt mich am meisten?
Wie bin ich, und wie geht es mir, wenn ich mich in einer hierarchischen Beziehung in der unteren/oberen Position befinde?
Was stört andere an mir?
In welche Fallen locke ich (ohne es zu wollen/zu wissen) andere immer wieder?
Was schätzen andere an mir?
Welche positiven Beziehungsqualitäten kann ich zur Verfügung stellen?
Welche existenziellen Themen beschäftigen mich?
Was ist die Dynamik, mit der ich mich weiter in mein Muster verstricke?

12.1/26

Was steht bei mir zur Beziehungsklärung und Verbesserung an?

Welche Ausgangssituation habe ich (Defizite, Schwierigkeiten)?
Was sollte anders sein (mein Wunsch, meine Erwartung)?
Was will ich dazu beitragen (tun/unterlassen)?
Was erhoffe ich von dir/den anderen (welchen Beitrag/Einstellungsänderung)?
Was sollte ich vermeiden (alte Muster)?
Was wäre der Gewinn?

12.1/27

Eine Hilfe zur Beziehungsklärung ist der Austausch von Wertmaßstäben.
Was ist mir wichtig?
Worauf kommt es mir in unserer Zusammenarbeit/meinem Zusammenleben besonders an?
Was sollte zwischen uns möglichst nicht passieren?
Bei welchen Verhaltensweisen bin ich besonders sensibel?

Mut zur Klarheit lohnt sich immer!

12.1/28

Wenn wir mit unseren Fragen den anderen in seiner Tiefe berühren, setzen wir bei ihm einen Prozess in Gang.

Welche Fragen möchte ich dem Menschen, neben/mit dem ich lebe, stellen?

Welche Frage könnte für ihn zum Schlüssel werden, der ihm das Bewusstsein seines Lebens aufschließt und ihn zu neuer Erfahrung führt?

12.1/29

Gegenseitige Entwicklungsanstöße ergeben sich nicht nur aus liebevollem Einfühlen, sondern auch in der Auseinandersetzung und Konfrontation.

Was kann ich tun, um förderlich zu streiten?

12.1/30

Was muss ich einüben um die Eskalation eines Streits zu vermeiden?

12.1/31

Wir leben unter großer Spannung, wenn einer erwacht und der andere in seiner Abhängigkeit bleiben möchte.

Welche Beziehung muss neu organisiert werden?

12.1/32

Zur eigenen Betrachtung

Wo verweigere ich mich? – Ausgrenzung

Wo ordne ich mich unter? – Selbstaufgabe

Was ist eine ausgewogene, reife Haltung/Einstellung?

12.1/33

»Es sind die Begegnungen mit Menschen, die das Leben lebenswert machen«

Guy de Maupassant

Resümee

Was war für mich das besonders Wertvolle dieses Kapitels (neue Einsichten – Aha-Erlebnis, tiefere Berührung, Verstärkung)?

Welche Schlussfolgerungen ziehe ich daraus?

Was sind die nächsten (kleinen) Schritte bei der Umsetzung in meinem Leben/Beruf?

A

Was habe ich in den letzten Monaten wirklich ändern können?

Wie sieht die innere/äußere Bilanz meiner Verhaltensänderung aus?

Was habe ich dabei über mich gelernt?

B

Was bleibt noch zu tun?

Was ist mir noch nicht gelungen, wobei muss ich noch Geduld mit mir haben?

C

Was gelingt mir in der Umsetzung in meinem Beruf besonders gut?

Worüber freue ich mich?

D

Was gelingt mir in der Umsetzung in meinem Privatleben besonders gut?

Worüber freue ich mich?

E

Welche Reaktionen habe ich bei meinen Mitmenschen durch meine Veränderung hervorgerufen?

Wie bin ich damit umgegangen?

Was habe ich dabei gelernt?

F

Erlebe ich mich auf einem guten und förderlichen Weg?

Muss ich Kurs-Korrekturen vornehmen?

Welcher Art?

G

Wie sieht mein Stimmungsbarometer aus?

Zuversichtlich?

Pessimistisch?

Wie gehe ich damit um?

Kapitel 12.2

Beziehungsstörungen

12.2/1

Spannungen und Enttäuschungen sind in Beziehungen nicht zu vermeiden,
ebenso Enttäuschungen über die Grenzen anderer Menschen,
wie auch über die eigenen Grenzen,
die wir immer wieder erleben.

Das sind die Realitäten unseres Daseins.

Warum fällt es mir oft so schwer dies zu akzeptieren?

12.2/2

Beide Partner haben recht

Da geht eine Frau zum Rabbi und klagt über ihren Mann.
Der Rabbi hört zu und sagt: »Du hast recht.«
Die Frau geht heim und berichtet dem Mann: »Der Rabbi hat gesagt, ich habe recht.«
Anderntags geht der Mann zum Rabbi und klagt ihm über seine Frau.
Der Rabbi hört zu und sagt: »Du hast recht.«
Der Mann geht heim und sagt der Frau: »Der Rabbi hat gesagt, ich habe recht.«
Erbost geht darauf die Frau zum Rabbi und sagt: »Erst sagst du mir, ich habe recht,
und dann sagst du meinem Mann, er habe recht.«
Der Rabbi sagt: »Du hast recht.«

Könnte ich mir nicht manchen unnützen Streit ersparen?

12.2/3

Spannungen und Enttäuschungen sind im zwischenmenschlichen Bereich nicht zu vermeiden. Jede ausgehaltene Enttäuschung und ein angstfreier Umgang damit, festigt sogar eine Beziehung.

Wie sind meine Erfahrungen:
Was will ich im Hinblick auf einen konstruktiven Umgang
mit diesen »Enttäuschungen« tun?

12.2/4

Jede Veränderung der eigenen Person wirkt sich auf die Umgebung aus,
diese reagiert verunsichert und oft aggressiv,
sie will den alten Zustand wieder herstellen.
Der veränderte Partner ist nicht mehr richtig einzuschätzen.

Wie gehe ich mit diesen Widerständen sinnvoll um?

12.2/5

Wenn wir im Umgang miteinander dem anderen Angst-, Schuld-, Scham- und Mindergefühle vermitteln, ist eine fruchtbare Beziehung unmöglich.

Wie will ich mein Reden und Verhalten steuern, dass ich diese Reaktionen beim anderen nicht hervorrufe?

12.2/6

Der Umgang mit Aggressionen ist ein schwieriger Teil in Beziehungen und führt im negativen Fall zu körperlichen und seelischen Verletzungen, dabei können Aggressionen durchaus förderlich für eine Beziehungsgestaltung sein.

Welche Erfahrungen habe ich mit beiden Formen der Aggression gemacht?

Welche Lehren habe ich gezogen?

12.2/7

Kränkungen, erlittene und ausgeheilte, können auch langanhaltende Beziehungsstörungen auslösen. Darüber hinaus sind sie häufig Ursache für Misserfolge oder sogar Krankheiten.

12.2/8

Wenn ich die **drei Kardinalfehler***, die wir im Umgang miteinander machen, auf mich beziehe, zu welchem Fehler neige ich?

1. Ratschläge erteilen.
2. Andere sollten sich verändern.
3. Persönliches Beispiel allein genüge schon.

*siehe »Beruf ist Leben« Seite 289

12.2/9

Eine oft übersehene Quelle von Beziehungsstörungen sind die verschiedenen Formen der Kontrolle. – Erkenne ich mein Kontrollverhalten?

Kontrolle durch:
- Kritik
- das Wecken von Schuldgefühlen
- Launenhaftigkeit/Wutausbrüche
- dauerhaftes Schweigen
- übertriebene Fürsorglichkeit
- Eifersucht
- Verwaltung des Geldes
- Einschüchterung/Spott
- Kränkungen.

Was will ich abstellen?

Beziehungsstörungen sind häufig verursacht durch:
- zu enge Beziehungen/zu hohe Erwartungen
- Gleichgültigkeit/Gefühlskälte
- geringe Wertschätzung
- Unwahrhaftigkeit/Unzuverlässigkeit
- Kontrollieren/Misstrauen
- unerledigte Probleme

Wo liegt mein Verhalten im Argen?

Was werde ich ändern?

12.2/10

Zwischen Feindschaft und Gegnerschaft wird oftmals nicht klar unterschieden.

Worauf will ich achten?

Warum will ich darauf achten?

12.2/11

Ist mir bewusst, dass nach außen dargestellte »Pseudo-Harmonie« eine Form von Gleichgültigkeit sein kann –
und wie gefährlich die Auswirkungen für beide Seiten sind?

Worauf will ich besonders achten?

12.2/12

Habe ich zu hoch gesteckte Vorstellungen von einer Beziehung?

Neige ich dazu, idealisierte Ansprüche an meine Beziehungen zu stellen?

Welche Gefahren liegen darin?

12.2/13

Wenn ich bedenke, dass nicht Konfliktfreiheit sondern Konfliktbewältigung für meine Beziehung so wichtig sind, so frage ich mich, warum ist das so?

Was will ich gemäß dieser Einsichten ändern?

12.2/14

Was werde ich tun, um den Alltagsärger zu minimieren?

Welche Einsichten helfen mir dabei?

Warum ist dieses Bemühen so wichtig für mich und mein Weiterkommen?

12.2/15

Wenn ich an meinen Ärger denke, wen sehe ich normalerweise als den Verursacher an und warum?

Kann ich mir mich auch als den eigentlichen Verursacher vorstellen?

Wenn nicht, warum fällt mir dies so schwer?

12.2/16

Wie erlebe ich Beziehungsstörungen?

Wie gut oder schlecht kann ich mit Beziehungsstörungen umgehen?

Worin liegen die Ursachen für mein Verhalten/Reaktionen?

12.2/17

Wie halte ich meine erlittenen Kränkungen unter Verschluss?

Warum tue ich das?

Welchen Schaden füge ich mir damit zu?

Was kann ich ändern?

Was ist die bessere Haltung?

12.2/18

In jeder guten Beziehung muss das Beziehungskonto gefüllt sein.

Welche Einzahlungen will ich vornehmen?

Auf wessen Konto?

Was will ich womit einzahlen?

Welche Abbuchung will ich zukünftig vermeiden?

12.2/19

Dauernde Kränkungen zerstören Beziehungen.

Welche Kränkungen habe ich noch nicht verarbeitet?

Welche lasten auf meiner Seele?

12.2/20

Andere zu kränken kann Ursache für den eigenen Misserfolg sein.

Welche Erfahrungen habe ich diesbezüglich gemacht?

12.2/21

Wie fühlte ich mich, als ich Kränkungen hinnehmen musste?

Welche Reaktionen lösten Kränkungen bei mir aus?

12.2/22

Verkennen wir nicht, ein Teil der aggressiven Energie wendet sich auch gegen das eigene Ich, also gegen uns selbst.

12.2/23

Rache bringt dem Rächer weitere Kränkungen ein, wie in einem Teufelskreis.

Erlebte ich auch schon einmal diesen endlosen Teufelskreis?

Wie gelang mir der Ausbruch?

12.2/24

Sie tun es für sich

Konsequent gedacht, tun wir alles, was wir tun, auch immer für uns selbst.

Weil es uns wichtig ist.
Weil es uns richtig erscheint.
Weil es unseren Normen und Werten entspricht.
Weil es uns schlicht gut geht, wenn wir so gehandelt haben.

Vermutlich würden wir uns schlechter fühlen, hätten wir nicht so gehandelt.

Handeln erfüllt immer ein Bedürfnis. Es ist immer auch eigennützig.

Darum sollen wir nicht die Nummer »**Deinetwegen**« abziehen, die sich moralisch kostümiert, insgeheim aber Ausbeutung ist.

Welches »Deinetwegen« war besonders unberechtigt?

Resümee

Was war für mich das besonders Wertvolle dieses Kapitels
(neue Einsichten – Aha-Erlebnis, tiefere Berührung, Verstärkung)?

Welche Schlussfolgerungen ziehe ich daraus?

Was sind die nächsten (kleinen) Schritte bei der Umsetzung in meinem Leben/Beruf?

A

Was habe ich in den letzten Monaten wirklich ändern können?

Wie sieht die innere/äußere Bilanz meiner Verhaltensänderung aus?

Was habe ich dabei über mich gelernt?

B

Was bleibt noch zu tun?

Was ist mir noch nicht gelungen, wobei muss ich noch Geduld mit mir haben?

C

Was gelingt mir in der Umsetzung in meinem Beruf besonders gut?

Worüber freue ich mich?

D

Was gelingt mir in der Umsetzung in meinem Privatleben besonders gut?

Worüber freue ich mich?

E

Welche Reaktionen habe ich bei meinen Mitmenschen durch meine Veränderung hervorgerufen?

Wie bin ich damit umgegangen?

Was habe ich dabei gelernt?

F

Erlebe ich mich auf einem guten und förderlichen Weg?

Muss ich Kurs-Korrekturen vornehmen?

Welcher Art?

G

Wie sieht mein Stimmungsbarometer aus?

Zuversichtlich?

Pessimistisch?

Wie gehe ich damit um?

Kapitel 13

Kommunikation

13/1

Ich bedenke folgende Weisheiten:

Langweiler: »Ein Mensch, der redet, wenn du wünschst, dass er zuhört.«

Ambrose Bierce

Manche Leute kann man nur unterhalten, indem man ihnen zuhört.

Kim Hubbard

Beim Gespräch hört der eine aus der Rede des anderen nur sein Stichwort.

Charles Tschopp

Aufmerksam zuhören ist das beste Kompliment für den Sprecher.

Thoma Carlye

Man kann auf eine Art zuhören, die mehr wert ist als das Gefälligste, was man sagen kann.

Charles v. Ligne

13/2

Kommunikation findet dort statt, wo die Herzen berührt werden, sonst sind die Gespräche, die wir führen, auch wenn sie noch so klug erscheinen, bloßes Gerede.

Wie erleben wir die Gespräche des Alltags, beruflich und privat?

Was möchten wir den Menschen erzählen, die uns nahe stehen?

Seien wir offen für das Neue in der Begegnung.

13/3

Wie bedeutsam Worte für unser Leben sind, haben wir alle schon erfahren, darum sollten wir sehr sorgsam mit unseren Worten umgehen.

- Wann habe ich durch mein Wort Leben gefördert, Menschen ermutigt oder getröstet?
- Wann hat ein Mensch sich in der Kommunikation mit mir wiedergefunden, gespürt, dass ich ihn als Person anspreche und wertschätze?
- Wann konnte sich mein Gegenüber in meiner Gegenwart angstfrei darstellen und musste sich nicht verstellen?
- Wann habe ich jemanden mit meinen Worten weh getan?
- Wann habe ich ihn in seinen sozialen und emotionalen Entfaltungsbemühungen zurückgestoßen/behindert.

Worauf werde ich in Zukunft bei der Kommunikation besonders Wert legen?

13/4

Der menschlich orientierte Kommunikationspartner:
- handelt nicht gegen sein sittlich-verantwortlich gebildetes Gewissen
- gibt keine lügenhaften Versprechen ab
- verlangt nicht vom anderen, was er selbst nicht zu erfüllen bereit ist
- gestaltet seine zwischenmenschlichen Beziehungen personal und nicht funktional
- handelt zuerst des Menschen und erst dann einer Sache wegen
- lässt sich nicht als Instrument eines Menschen, einer Gruppe von Menschen oder einer Organisation missbrauchen
- erkennt, dass andere Menschen bedürftig sind wie er selbst
- übernimmt für sich und für andere Menschen Verantwortung
- lässt andere Menschen nicht unter sich leiden
- missbraucht andere Menschen nicht zu Handlungen, die er sebst nicht ausführen will
- lernt zu führen und sich führen zu lassen.

Wenn ich dies zu meiner Orientierung nehme, worauf muss ich besonders achten?

13/5

Es gibt bestimmte Einstellungen und Verhaltensweisen, die wesentlich zu einer gelungenen Kommunikation beitragen.

Einstellungen

Ich unterstelle dir keine schlechten Absichten und zweifle weder an deiner Aufrichtigkeit noch an deiner Vernunft.
Unsere Beziehung ist mir wichtig, und ich möchte unsere unterschiedlichen Auffassungen klären.
Hilf mir, die Angelegenheit aus deiner Perspektive zu sehen.
Ich bin offen für andere Sichtweisen und bereit, mich zu ändern.

Verhaltensweisen

Höre zu, um zu verstehen. Rede, um verstanden zu werden.
Beginne einen Dialog entweder mit einem gemeinsamen Bezugspunkt oder mit einem Punkt, an dem Übereinstimmung herrscht, und taste dich langsam in die Bereiche vor, in denen die Meinungen auseinandergehen.

Was muss ich bei mir verbessern?

13/6

Kenne ich meine Wahrnehmungsfilter in der Kommunikation?

Wie lauten sie?

Was kann ich im Sinne einer Kommunikationsverbesserung tun/lassen?

13/7

Erlebe ich bei mir, wie stark meine Kommunikation auf die Klärung von Beziehungen abzielt - auch wenn sie sich »sachlich« gibt?

Was erfolgt daraus für meine Kommunikation?

13/8

Was habe ich bezüglich der Kommunikation in meiner Entwicklung gelernt, wozu bin ich nicht ermutigt worden, woran gehindert?

13/9

Bin ich mir bewusst, dass gesendete und empfangene Nachrichten nie deckungsgleich sind?

Dass es keine Objektivität in der Kommunikation gibt?

Welche Schlussfolgerungen für mein Kommunikations-Verhalten ergeben sich daraus für mich?

13/10

Wie gut gelingt es mir andere Menschen bei mir Gast sein zu lassen, ihnen durch meine Kommunikation zu vermitteln, dass ich mich über ihren Besuch freue?

Was sind die Hemmschwellen?

Wie kann ich sie aufheben/erhöhen?

13/11

Wie stark bin ich momentanen Stimmungs-Schwankungen unterworfen?

Wie stark bin ich in alten Erfahrungen gefangen und behindere den offenen menschlichen Kontakt?

Was sind die Folgen für die Kommunikation?

Was will ich einüben?

13/12

Bin ich in der Kommunikation achtsam darauf bedacht, mein Vertrauen als die Grundlage jeder gelungenen Kommunikation nicht zu gefährden?

Was könnte ich besser machen?

13/13

Bin ich ein guter, aufmerksamer und geduldiger Zuhörer?

Kann ich auf das Gehörte eingehen?

Wenn nicht, aus welchen Gründen kann ich das nicht?

Was muss ich besonders bei mir beachten/einüben?

13/14

Ist mir bewusst, wie stark meine Bedürfnisse, Interessen, Wertungen und besonders meine Vorurteile, mein Vorleben, wie auch meine Ängste, die Art und Weise meiner Kommunikation bestimmen?

Welche Folgerungen für meinen Kommunikations-Umgang ziehe ich daraus?

Was sagt mir die Forderung nach Sachlichkeit in der Kommunikation über mein Verhalten?

13/15

Wie sehe ich mich als Kommunikations-Partner?

Wo liegen meine Stärken?

Wo liegen meine Schwächen?

13/16

Aktives und hilfreiches Zuhören ist keine Technik, sondern eine Grundeinstellung! Ich bin ausgerichtet auf: »Was will der andere mir sagen?«

13/17

Wenn wir miteinander reden, so wollen wir mehr als nur Sachinformationen austauschen. Wir wollen vor allem auch soziale Beziehungen festigen, enger gestalten oder vielleicht auch mehr Distanz voneinander gewinnen.

13/18

Grundregeln für gelingende Kommunikation

1. **Mich auf das Gespräch vorbereiten.**
   Mein Ziel?
   Meine Einstellung, mein Gefühl zum anderen?
   Meine Schwächen, meine Stärken?
2. **Dem Anderen respektvoll gegenübertreten.**
3. **Den Kontakt herstellen.**
   Blickkontakt!
   Körperausdruck beobachten und auf Kongruenz achten!
4. **Die Erwartungen klären.**
   Worum es geht!
   Was wir voneinander wollen!
5. **Informationen zum Thema einholen.**
   Nicht werten!
   Öffnende Fragen stellen, statt Alternativen vorzugeben!
   Informationen stoppen – strukturieren und auswählen lassen!
6. **Im Hier und Jetzt arbeiten.**
   Nicht in der »Archäologie« stecken bleiben, keine »ollen Kamellen« durchkauen.
   So wenig wie möglich Aussagen nach dem Muster verwenden:
   »Wenn nur erst ..., dann ... .«
7. **»Ich« statt »man« und »wir« verwenden.**
8. **Körperausdruck und Gefühlsinhalte beachten und ansprechen.**
9. **Interpretationen als solche deutlich machen.**
   Sie sparsam anwenden, kennzeichnen, anbieten!
10. **Authentisch und selektiv miteinander reden.**
    Nicht alles, was wahr ist, muss ich auch tun, aber alles, was ich tue, muss ich auch wollen!
11. **Die 50 % -Regel beachten.**
    Mindestens 50 % der Energie zur Problemlösung müssen beim Gesprächspartner liegen!
    Um wessen Probleme geht es hier eigentlich?
12. **Bilanz ziehen.**
    Was haben wir geklärt und was ist offen geblieben?
    Welche Fragen sind neu entstanden?
    Welche nächsten Schritte stehen an?
    Feedback!

Resümee

Was war für mich das besonders Wertvolle dieses Kapitels
(neue Einsichten - Aha-Erlebnis, tiefere Berührung, Verstärkung)?

Welche Schlussfolgerungen ziehe ich daraus?

Was sind die nächsten (kleinen) Schritte bei der Umsetzung in meinem Leben/Beruf?

A

Was habe ich in den letzten Monaten wirklich ändern können?

Wie sieht die innere/äußere Bilanz meiner Verhaltensänderung aus?

Was habe ich dabei über mich gelernt?

B

Was bleibt noch zu tun?

Was ist mir noch nicht gelungen, wobei muss ich noch Geduld mit mir haben?

C

Was gelingt mir in der Umsetzung in meinem Beruf besonders gut?

Worüber freue ich mich?

D

Was gelingt mir in der Umsetzung in meinem Privatleben besonders gut?

Worüber freue ich mich?

E

Welche Reaktionen habe ich bei meinen Mitmenschen durch meine Veränderung hervorgerufen?

Wie bin ich damit umgegangen?

Was habe ich dabei gelernt?

F

Erlebe ich mich auf einem guten und förderlichen Weg?

Muss ich Kurs-Korrekturen vornehmen?

Welcher Art?

G

Wie sieht mein Stimmungsbarometer aus?

Zuversichtlich?

Pessimistisch?

Wie gehe ich damit um?

Kapitel 13.1

Kommunikationsstörungen

13.1/1

Was dem Herzen widerstrebt, lässt der Kopf nicht ein.

Arthur Schopenhauer

Erlebe ich das bei mir so?

13.1/2

Habe ich erlebt, wie schlecht alle Du-Ansätze für die Kommunikation sind?
Du solltest ..., du musst ... .

Was werde ich anders machen?

Wie werde ich es anders machen?

13.1/3

Häufig vorkommende Kommunikations-Blockaden sind:

1. Das Verharren auf dogmatischen Positionen.
2. Die Reduzierung der Kommunikation auf die Sachebene.

Wenn ich mich in einer der beiden Positionen wiedererkenne,
was will ich beachten/abstellen?

Warum sind diese beiden Positionen äußerst kommunikationsschädlich?

13.1/4

Wenn ich die Aussage, »die eine Hälfte der Menschheit drückt sich nicht klar aus, die andere hört nicht genau hin«, bedenke, zu welcher Hälfte zähle ich?

13.1/5

Das Grundübel von Kommunikationsstörungen ist die sich ausbreitende Lieblosigkeit.

Was tue ich dagegen, von dieser Krankheit befallen zu werden?

13.1/6

Häufig auftretende Kommunikationsstörungen haben ihre Ursachen in:

Recht- oder Das-letzte-Wort-Haben wollen,
imponieren wollen,
Beifall heischen,
starrem Festhalten an Vorurteilen,
dauerndem An-sich-Ziehen des Gesprächs,
Langatmigkeit,
Verallgemeinerungen,
Behauptungen,
Psychospielen und Psychologisieren.

Erkenne ich mich in dem einen oder anderen Verhalten wieder?

Was will ich dagegen tun?

13.1/7

Wir erleben es beinahe täglich, wie mit Sprache manipulativ umgegangen wird. Die Glaubwürdigkeit und Menschlichkeit bleiben auf der Strecke.

Was werde ich in meinem Kommunikationsverhalten nicht tun?

Was sind meine wohlbedachten Gründe für mein Verhalten?

13.1/8

Habe ich erlebt, wie wenig mitunter von dem Gesagten ankommt und umgesetzt wird?

Was schließe ich für mein Kommunikationsverhalten daraus?

13.1/9

Wie leicht unterliegen wir einer pseudo-personalen Kommunikation aus Smalltalk, schulterklopfender Freundlichkeit, witzelden Reden und Geistreicheleien.

Was ist von mir aus dagegen zu tun/lassen?

Kommuniziere ich auch manchmal so?

13.1/10

Gesprächsstörer

Neige ich dazu,
zu befehlen, statt zu überzeugen,
andere in eine vorgefasste Schublade zu stecken,
das Anliegen anderer herunterzuspielen (take it easy),
vorschnell zu bewerten,
langatmig zu reden,
Behauptungen aufzustellen?

Wo und wie will ich mein Verhalten ändern?

13.1/11

Zuhörenkönnen ist das Wichtigste für eine gelungene Kommunikation, denn bei Missachtung sind Kommunikationsstörungen die Folge. Die häufigsten sind:

- ☐ Ich bin mit etwas beschäftigt, was davor oder danach kommen wird.
- ☐ Ich ärgere mich über mich selbst.
- ☐ Mein Körper bleibt immer in Bewegung.
- ☐ Die Atmosphäre im Raum/in der Wohnung stört mich.
- ☐ Ich mag mein Gegenüber nicht.
- ☐ Die Kinder oder die anderen Leute im Haus machen zuviel Krach.
- ☐ Ich will mich nicht wirklich öffnen.
- ☐ Ich nehme mir nicht ausreichend Zeit.
- ☐ Bei mir läuft immer das Radio.
- ☐ Was ich selbst finde, ist mir eigentlich wichtiger, als das, was ein anderer sagt.
- ☐ Was ich höre, langweilt mich.
- ☐ Ich kann/will den anderen, der mir etwas sagt, nicht wirklich ernst nehmen.
- ☐ Ich muss gleichzeitig noch auf andere Dinge achten.
- ☐ Meine Gedanken drehen sich im Kopf herum, ich kann mich nicht konzentrieren.
- ☐ Immer, wenn ich wirklich still werde, komme ich auf alle möglichen Ideen.
- ☐ Ich habe dem Anderen gegenüber Vorurteile.
- ☐ Ich habe keine Ruhe in mir selbst.
- ☐ Ich habe Angst vor der Stille.
- ☐ Das Aussehen des Anderen/seine Art zu reden stören mich.
- ☐ Ich fürchte, dass der Andere mich verletzt, mit dem, was er sagt.
- ☐ Ich will einfach besser sein als der Andere.
- ☐ Ich fühle mich überfordert, wenn ich jetzt auch noch richtig hinhören soll.
- ☐ Mir hört doch auch keiner zu.
- ☐ Ich warte jeden Moment auf eine Unterbrechung, gleich geht sicher das Telefon, oder es steht jemand vor der Tür, oder jemand anders will etwas von mir.
- ☐ Schon als Kind war mir Hinhören ein Gräuel.

Wie benoten Sie ganz allgemein Ihre Fähigkeit zuhören zu können?

1 - gut	3 - schlecht
2 - mäßig gut	4 - sehr schlecht

Wenn ich die Bedeutung des Zuhörens für das Gelingen der Kommunikation begriffen habe, werde ich mich gewiss mit Nachdruck um eine Verbesserung bei mir bemühen.

13.1/12

Wir leiden heute an Sprachlosigkeit. Unserer eigenen und der der anderen. Große Worte sollen darüber hinweg täuschen. Richtig sprechen aber können wir kaum noch miteinander. Wir reden aneinander vorbei.

Die Begriffe (wie z.B. große Worte) sind entleert. Kein Wunder, dass sich die Menschen gegenseitig nicht mehr erreichen. Unsere Sprache rührt das Menschliche in uns nicht mehr.

Wie steht es mit meinem Reden?

Was will ich gegen meine »Sprachlosigkeit« tun?

Was gegen die der anderen?

Worauf will ich besonders achten?

13.1/13

Was verbirgt sich meistens hinter der Aussage: »Lass uns sachlich bleiben?«

13.1/14

Kränkungen sind sehr häufig die tieferen Ursachen für Kommunikationsstörungen. Kränkungen werden als Verletzungen erlebt und führen zu Groll, ja Hassgefühlen.

Kenne ich solche Empfindungen bei mir? Wie kann ich aus diesem selbstgeschaffenen Teufelskreis ausbrechen?

Was macht das Verzeihen so schwer?

Resümee

Was war für mich das besonders Wertvolle dieses Kapitels
(neue Einsichten – Aha-Erlebnis, tiefere Berührung, Verstärkung)?

Welche Schlussfolgerungen ziehe ich daraus?

Was sind die nächsten (kleinen) Schritte bei der Umsetzung in meinem Leben/Beruf?

A

Was habe ich in den letzten Monaten wirklich ändern können?

Wie sieht die innere/äußere Bilanz meiner Verhaltensänderung aus?

Was habe ich dabei über mich gelernt?

B

Was bleibt noch zu tun?

Was ist mir noch nicht gelungen, wobei muss ich noch Geduld mit mir haben?

C

Was gelingt mir in der Umsetzung in meinem Beruf besonders gut?

Worüber freue ich mich?

D

Was gelingt mir in der Umsetzung in meinem Privatleben besonders gut?

Worüber freue ich mich?

E

Welche Reaktionen habe ich bei meinen Mitmenschen durch meine Veränderung hervorgerufen?

Wie bin ich damit umgegangen?

Was habe ich dabei gelernt?

F

Erlebe ich mich auf einem guten und förderlichen Weg?

Muss ich Kurs-Korrekturen vornehmen?

Welcher Art?

G

Wie sieht mein Stimmungsbarometer aus?

Zuversichtlich?

Pessimistisch?

Wie gehe ich damit um?

Kapitel 14

Emotionen

14/1

Von wem habe ich in meinem Leben Liebe erfahren?

Wem habe ich Liebe geschenkt?

14/2

Das Herz hat seine Gründe, welche der Verstand nicht kennt.

B. Pascal

Wann habe ich eine solche Erfahrung gemacht?

14/3

Das eigentliche Problem vieler negativer Gefühle, die uns hin- und herzerren, wie des Zorns, der Niedergeschlagenheit, ist, dass wir nicht bei uns selbst zuhause sind, keinen Kontakt zum eigenen Selbst haben.
Unser Inneres ist mit allerlei Ideen und Gefühlen besetzt, so dass wir nichts mehr sehen und hören. Die Kraft des Selbst ist machtlos, weil Ideen und Gefühle einander jagen, Chaos im Kopf herrscht. Gerade die ständige Anpassung der Gefühle an wechselnde Situationen verhindert das Wahrnehmen des Leisen.

Anders kann es nur werden, wenn wir still werden, wenn wir mit gleicher Intensität bei uns selbst sind, wie bei den Dingen um uns herum.

Wie weit gelingt mir das?

Was will ich dafür tun, dass es mir gelingt?

14/4

Was erlebe ich als besonders erdrückend?

Was als besonders beglückend?

a) im Inneren

b) im Äußeren

14/5

Es ist für Menschen mit der **Alles-im-Griff-haben-Mentalität** sehr segensreich, ihr stark rational geprägtes Verhalten öfter einmal aufzugeben, zugunsten eines emotionalen Verhaltens, des Sich-fallen-Lassens, des Geschehenlassens.

Um welchen Ausgleich will ich mich bemühen?

14/6

Wie stark wurde in meiner Kindheit Emotionalität gefördert/ unterdrückt?

Welche Konsequenzen hat das auf meine heutige Situation?

Was ist veränderbar?

Wovon muss ich mich freimachen?

Was muss ich einüben, ob es leicht fällt oder nicht?

14/7

Wie hoch schätze ich meine »emotionale Intelligenz« ein?

Dabei orientiere ich mich an den fünf Kategorien nach Golemann*.

*siehe »Beruf ist Leben« Seite 313

14/8

Gefühle können sich ändern und sind rational nicht zu beherrschen.

Wähle ich einen besseren Weg?

Wie sieht dieser Weg aus?

14/9

Der konstruktive Umgang mit Wut ist gar nicht so einfach.

Das Gleiche gilt für den Umgang mit Aggressionen.

Wie gehe ich mit meiner Wut um?

Was ist zu verbessern?

14/10

Wie beschreibe ich meine emotionale Grundtönung?

Was kann ich tun, um meine Gemütslage positiver zu gestalten?

Wie stark bin ich von Stimmungen abhängig?

Was kann ich verbessern?

Wie kann ich meine Stimmung positiv beeinflussen?

Kenne ich bestimmte Auslöser für meine Stimmungslagen?

Welche Auslöser sind förderlich für mich?

Welche Auslöser nicht?

Was ergibt sich daraus für mich?

14/11

Wie kann ich mit der Aussage umgehen, dass die Gefühle unser Leben bestimmen, nicht der Verstand?

Welche Erfahrungen habe ich in der einen und anderen Richtung gemacht – im Beruf und privat?

Bin ich ein kopforientierter oder mehr emotional gesteuerter Mensch?

Wo liegen die Vorteile und wo die Gefahren einer Einseitigkeit?

14/12

Wenn ich meine Schwierigkeiten im Umgang mit Mitarbeitern/Kunden habe, aber auch im privaten Bereich, könnte da eine zu geringe emotionale Ausstrahlung Mitverursacher sein?

Was ist dann dringend geboten?

14/13

Stehe ich in Gefahr, durch die Anforderungen des Hightech-Zeitalters meine Emotionalität zu verlieren?

Wie weit hat mich die moderne Krankheit Alexithymie bereits befallen?

14/14

Hemmungen sind Ausdruck emotionaler Verstopfung.

Was kann ich zur Entsorgung und Entgiftung tun, damit meine Energien wieder fließen können?

14/15

Wo kann ich emotional auftanken?

Kann ich nicht noch weitere Tankstellen aufbauen?

Resümee

Was war für mich das besonders Wertvolle dieses Kapitels (neue Einsichten – Aha-Erlebnis, tiefere Berührung, Verstärkung)?

Welche Schlussfolgerungen ziehe ich daraus?

Was sind die nächsten (kleinen) Schritte bei der Umsetzung in meinem Leben/Beruf?

A

Was habe ich in den letzten Monaten wirklich ändern können?

Wie sieht die innere/äußere Bilanz meiner Verhaltensänderung aus?

Was habe ich dabei über mich gelernt?

B

Was bleibt noch zu tun?

Was ist mir noch nicht gelungen, wobei muss ich noch Geduld mit mir haben?

C

Was gelingt mir in der Umsetzung in meinem Beruf besonders gut?

Worüber freue ich mich?

D

Was gelingt mir in der Umsetzung in meinem Privatleben besonders gut?

Worüber freue ich mich?

E

Welche Reaktionen habe ich bei meinen Mitmenschen durch meine Veränderung hervorgerufen?

Wie bin ich damit umgegangen?

Was habe ich dabei gelernt?

F

Erlebe ich mich auf einem guten und förderlichen Weg?

Muss ich Kurs-Korrekturen vornehmen?

Welcher Art?

G

Wie sieht mein Stimmungsbarometer aus?

Zuversichtlich?

Pessimistisch?

Wie gehe ich damit um?

Kapitel 15

Selbsterkenntnis

15/1

Wie sicher fühle ich mich in der Einschätzung anderer?

Welche Erfahrungen habe ich diesbezüglich gemacht?

Mit welchen Konsequenzen für mein Verhalten?

Was ist die sicherste Methode einen anderen besser kennen zu lernen?

Praktizieren Sie diese ganz bewusst und beobachten Sie sich kritisch dabei.

15/2

Zur Selbsterkenntnis gehört ganz elementar die Klarheit über folgende Fragen:

Was ist wesentlich in meinem Leben/Beruf?

Wer oder was spielt eine bedeutende Rolle in meinem Leben?

Was treibt mich an?

Wozu tue ich dies und jenes?

Wo liegen meine ganz persönlichen Ziele?

Wenn sie diese Fragen realitätsgerecht beantwortet haben, spüren Sie eine innere Ruhe und Gelassenheit.

15/3

Wer kann mir behilflich sein, mich besser kennen zu lernen?

Wie packe ich das an?

Was will ich dabei bedenken?

15/4

Wieweit erkenne ich meine Stärken? Worin liegen sie?

Wieweit stehe ich zu meinen »Schwächen«? Wie lauten sie?

Wie will ich mit meinen »Schwächen« umgehen?

Dabei bedenke ich den Grad meiner Fähigkeit zur Selbstdistanzierung.

15/5

Zur Selbsterkenntnis zählt auch die realistische Sicht des eigenen Lebens. Lebe ich ein erfülltes und wirklich erfolgreiches Leben, kann ich in meinem Beruf meine Einzigartigkeit und Individualität zum Ausdruck bringen und weiterentwickeln.

Kann ich mein Potenzial ausschöpfen?

Wie sieht es in meinem privaten Leben aus?

Es ist äußerst hilfreich, diesen Fragen tiefer nachzugehen und entsprechende Schlüsse zu ziehen.

Ich frage mich, wie sieht es bei mir konkret aus?

Was ist zu ändern, im Inneren und Äußeren?

15/6

Wer möchte sich nicht selbst kennen?

Aber wir erleben auch Zweifel an der Realität unserer Selbstsicht.

Was ist dann zu tun?

Wie gehen wir vor?

15/7

Ich werde die vier Persönlichkeitsbereiche des »**Johari-Fensters**«* auf mich anwenden und das Ergebnis mit einer Vertrauensperson auf Realität hin überprüfen.

* siehe »Beruf ist Leben« Seite 322

15/8

Der bewusste und unbewusste Dialog mit den Gedanken und Vorstellungen, die in mir gegenwärtig sind, bestimmt mein Gefühl für mich und für die mich umgebende Umwelt.
In dem Maße, wie ich verstehe, auf diesen inneren Dialog zu achten, werde ich mich selbst besser kennen lernen.

Es kann hilfreich sein, zu fragen:

1. Welche Stimmungen sind jetzt in mir?
2. Wo führt es hin, wenn ich mich auf sie einlasse?
3. Dienen sie meinem Heilsein oder einem Durcheinander meiner Lebensumstände?
4. Was sage ich in einem Gespräch mit lauten Worten, und was sage ich mir innerlich wirklich?

15/9

Das Wissen um mich selbst ist relativ und bleibt fragwürdig.

Wir müssen uns damit versöhnen, dass wir für uns selbst, und andere Menschen für uns ein Mysterium bleiben. Dennoch lohnt sich der Weg einer wirklichkeitsnahen Selbsterkundung.

Wie neugierig bin ich dabei?

15/10

Es ist kein harmloses Spiel, vom menschlichen Privileg Gebrauch zu machen, sich selbst gegenüber zu treten, um sich unvoreingenommen wahrzunehmen, sich zu sehen, mit all den »guten« Seiten, aber auch mit den dunklen, unheimlichen Kräften, die da am Werk sind.

H. Stringer (Psychotherapeut)

15/11

Die Kunst sich selbst richtig/realitätsnah einzuschätzen, ist eine große Kunst. Die einen überschätzen sich maßlos, und die anderen unterschätzen sich und ihre Möglichkeiten.

Wozu neige ich?

Was will ich daran ändern?

15/12

Wie sehe ich mich in folgenden Punkten?

- ☐ Bin ich bereit, Mängel, Hindernisse und Schwierigkeiten als Lernprozess zu akzeptieren?
- ☐ Bedeutet Leben für mich auch permanent Lernen und Wachsen?
- ☐ Ist mein Engagement so, dass gute Ergebnisse daraus werden können?
- ☐ Ist meine Planung stets ausreichend?
- ☐ Ist meine Einstellung zum Leben und Arbeiten überwiegend positiv?
- ☐ Ist mein Mut stark, um auch schwierige Situationen anzugehen und zu meistern?
- ☐ Bin ich auch zufrieden mit meiner Ausdauer und meinem bisherigen Engagement?

1 – ja 2 – eingeschränkt 3 – weniger 4 – sehr begrenzt

Was will ich verbessern? Wie beginne ich?

15/13

Ein Altvater wurde einmal von einem Bruder gefragt: »Warum urteile ich eigentlich so häufig über meine Brüder?«, und er antwortete: »Weil du dich noch nicht selbst kennst. Denn wer sich selbst kennt, der verurteilt die Fehler der Brüder nicht.«

Resümee

Was war für mich das besonders Wertvolle dieses Kapitels (neue Einsichten – Aha-Erlebnis, tiefere Berührung, Verstärkung)?

Welche Schlussfolgerungen ziehe ich daraus?

Was sind die nächsten (kleinen) Schritte bei der Umsetzung in meinem Leben/Beruf?

A

Was habe ich in den letzten Monaten wirklich ändern können?

Wie sieht die innere/äußere Bilanz meiner Verhaltensänderung aus?

Was habe ich dabei über mich gelernt?

B

Was bleibt noch zu tun?

Was ist mir noch nicht gelungen, wobei muss ich noch Geduld mit mir haben?

C

Was gelingt mir in der Umsetzung in meinem Beruf besonders gut?

Worüber freue ich mich?

D

Was gelingt mir in der Umsetzung in meinem Privatleben besonders gut?

Worüber freue ich mich?

E

Welche Reaktionen habe ich bei meinen Mitmenschen durch meine Veränderung hervorgerufen?

Wie bin ich damit umgegangen?

Was habe ich dabei gelernt?

F

Erlebe ich mich auf einem guten und förderlichen Weg?

Muss ich Kurs-Korrekturen vornehmen?

Welcher Art?

G

Wie sieht mein Stimmungsbarometer aus?

Zuversichtlich?

Pessimistisch?

Wie gehe ich damit um?

Kapitel 15.1

Identität

15.1/1

Was ist mir wichtiger, worauf achte ich mehr, auf meine Identität oder auf mein Aussehen?

Welche Folgen ergeben sich für mich, wenn Identität und Image auseinander klaffen?

15.1/2

Habe ich Zeiten großer Identitätszweifel erlebt?

Wann und wodurch wurden sie hervorgerufen?

Was war der Lerneffekt?

Wie stark beziehe ich meine Identität von anderen/der Gruppe?

Wo liegen die Gefahren?

15.1/3

Wie weit bin ich in der Beantwortung der drei Fragen, die meine Identität ausmachen?

1. Wer bin ich?
2. Wer bin ich in den Augen anderer?
3. Wohin gehöre ich, wo ist meine emotionale Heimat?

Dort wo ich große Zweifel habe, schaue ich näher hin und versuche klare Antworten zu finden. Dazu gehören Zeit, Ruhe und Geduld.

15.1/4

Wieweit kann ich mich in meiner Identität, in meiner Lebensgeschichte/Herkunft annehmen?

Wo tue ich mich schwer und warum?

Wer wäre ich gerne?

15.1/5

Welche Anteile an mir habe ich vernachlässigt?

Was ist nachzuholen und in Zukunft besser zu machen?

Habe ich meine Reifung bewusst erlebt?

Auch den Abschied von den verschiedenen Lebensabschnitten?

Wie sind diese Abschiede erfolgt?

15.1/6

Inwieweit bin ich in der Lage, bestimmte Identitätszustände zu wählen, die der Situation oder der Erwartung angemessen sind?

Was fällt mir bei der Anpassung schwer?

Bin ich auf bestimmte Rollen festgelegt?

Wo sind die Ansatzpunkte der Verbesserung? Was will ich konkret tun?

15.1/7

Wer bist du?

In einer russischen Legende wird erzählt, wie die Frau eines Rabbi nach ihrem Tod an der Himmelspforte gefragt wird, wer sie sei. »Ich bin doch die Frau des Rabbi«, antwortet sie mit leichtem Stolz. »Danach habe ich dich nicht gefragt«, gibt Gott zur Antwort. »Wer bist du? Ich will nicht wissen, mit wem du verheiratet warst.« – »Ich bin doch die Mutter der vier Söhne, die alle auch Rabbis wurden«, sagt sie jetzt schon etwas unsicherer. »Ich habe dich nicht nach deinen Familienverhältnissen gefragt«, wird ihr wieder geantwortet. »Wer bist du?« – »Ich habe doch den Frauen im Dorf immer die Kleider genäht«, sagt sie, jetzt schon total verunsichert. »Ich habe dich nicht nach deinem Beruf gefragt. Wer bist du?«, lautet die unerbittliche Frage Gottes. Jetzt kann die arme Frau nichts mehr antworten und wird sich bewusst, dass sie ihr Leben nur für andere gelebt hat, ohne zu wissen, wer sie eigentlich selbst war.

Wie antworte ich auf die Frage: **»Wer bist du?«**

15.1/8

Menschen suchen immer wieder Antworten auf die Frage, warum sie so geworden sind, wie sie sind – sie suchen also nach ihrer Identität. Im Sinne einer Standortbestimmung ist dieses Suchen hilfreich.

Wir sollten dabei jedoch dreierlei bedenken:

1. Die Antworten sind nicht eindeutig und sie sind zeitabhängig.
2. Sie stecken nur ein äußeres Feld ab.
3. Sie ergeben noch keine Problemlösung, bestenfalls eine Erklärung.

Wie gehe ich mit diesen Fragen um?

15.1/9

Was will ich konkret tun um meine Identität zu verbessern?

a) körperlich
b) biografisch
c) beruflich
d) beziehungsmäßig
e) verhaltensmäßig

15.1/10

Wer hatte großen Einfluss – oder hat ihn heute auf mein Selbstbild?

In welcher Weise?

Sind Korrekturen notwendig?

15.1/11

Wenn ich nicht der sein kann, der ich wirklich bin, mich also verstellen muss, fühle ich mich elend und schwach.

Wie erlebe ich es, wenn ich mich anders darstellen muss, als ich wirklich bin?

Worauf muss ich besonders achten?

Was kann ich ändern und wie kann ich es ändern?

15.1/12

Identität heißt, bei sich selbst zu Hause sein.

Zuhause ist weniger ein Ort, sondern ein Zustand.
Ein Zustand der Geborgenheit und Vertrautheit – die Gewissheit, mit offenen Armen empfangen zu werden. Zur Ruhe kommen, Wurzeln schlagen, die Welt draußen lassen können – auch das ist Zuhause.

Wie ist mein Zuhause?

Was will ich dazu beitragen, dass ich den Ort der Geborgenheit in mir entdecke und weiterentwickle?

15.1/13

Sich nicht beirren lassen.

Ein Irrer hielt sich für Napoleon Bonaparte: Sein Psychiater verfiel auf eine scheinbar brilliante Idee, ihn von seiner Illusion zu kurieren.

»Majestät,« fragte er den Kranken, »hatten Sie denn schon Autos, als Sie in Russland einfielen?« Napoleon antwortete pikiert: »Natürlich habe ich keine Autos gehabt!« Der Psychiater glaubte nun, mit dieser Antwort den Patienten in eine logische Falle gelockt zu haben, führte ihn zum Fenster und zeigte auf den Parkplatz voller Autos. »Und was ist das da draußen?« »Pferde«, antwortete der Patient und ging stillvergnügt seines Weges.

Resümee

Was war für mich das besonders Wertvolle dieses Kapitels
(neue Einsichten – Aha-Erlebnis, tiefere Berührung, Verstärkung)?

Welche Schlussfolgerungen ziehe ich daraus?

Was sind die nächsten (kleinen) Schritte bei der Umsetzung in meinem Leben/Beruf?

A

Was habe ich in den letzten Monaten wirklich ändern können?

Wie sieht die innere/äußere Bilanz meiner Verhaltensänderung aus?

Was habe ich dabei über mich gelernt?

B

Was bleibt noch zu tun?

Was ist mir noch nicht gelungen, wobei muss ich noch Geduld mit mir haben?

C

Was gelingt mir in der Umsetzung in meinem Beruf besonders gut?

Worüber freue ich mich?

D

Was gelingt mir in der Umsetzung in meinem Privatleben besonders gut?

Worüber freue ich mich?

E

Welche Reaktionen habe ich bei meinen Mitmenschen durch meine Veränderung hervorgerufen?

Wie bin ich damit umgegangen?

Was habe ich dabei gelernt?

F

Erlebe ich mich auf einem guten und förderlichen Weg?

Muss ich Kurs-Korrekturen vornehmen?

Welcher Art?

G

Wie sieht mein Stimmungsbarometer aus?

Zuversichtlich?

Pessimistisch?

Wie gehe ich damit um?

Kapitel 16

Auf dem Weg sein

16/1

Wir müssen im Leben nicht rückwärts sehen, sondern nach vorne blicken und das tun, was wir mit unseren Fähigkeiten und Begabungen, Qualitäten und Grenzen leisten können. Dabei müssen wir niemals **das** Beste tun, sondern nur **unser** Bestes.

Paulus, der Völkerapostel, hat den kühnen Satz geschrieben: »Ich vergesse, was hinter mir liegt, und strecke mich nach dem aus, was vor mir ist« (Phil 3,13).

Jeden Tag gehen wir ein Stück weiter auf der Straße unseres Lebens. Nicht selten passiert es dabei, dass wir ein Stück vom Weg abkommen, Umwege gehen, uns verlaufen oder in eine Sackgasse geraten. Dann müssen wir uns wieder neu orientieren, nach guten/wahrhaftigen Wegweisern Ausschau halten, eine Kursänderung mit Blick nach vorn vornehmen ...

16/2

Auf dem Weg sein

Sag nicht: Wir gingen immer so und werden weitergehen.
Frag: Ist es gut, so wie ich gehe, und: Kann ich weitergehen?

Sag nicht: Wir bauten immer so und werden weiterbauen.
Frag: Steht es fest so, wie es steht, und: Kann ich weiterbauen?

Sag nicht: Wir sprachen immer so und werden weitersprechen.
Frag: Wer hört mich so, wie ich spreche, und: Kann ich weitersprechen?

Sag nicht: Wir halfen immer so und werden weiterhelfen.
Frag: Hilft es so, wie ich helfe, und: Kann ich weiterhelfen?

Sag nicht: Wir warten immer so und werden weiterwarten.
Frag: Worauf noch, wie lange noch, und: Was kann ich Neues machen?

16/3

Zu dem Weg unserer Reifung gehören auch Umwege, zeitweiser Stillstand, Fehler und Irrtümer. Das sind keine Schandmerkmale, die uns in Frage stellen und deshalb verdrängt oder versteckt werden müssen, sondern Stationen unseres Weges, die mitunter bedauerlich sind. Erkannt und verstanden, werden sie zu Chancen und entscheidenden Wachstumsimpulsen.

Welche Einstellung habe ich dazu?

Wie verhalte ich mich?

16/4

Für viele religiös orientierte Menschen verbindet sich mit »Auf dem Weg sein« die Vorstellung von: Weg aus der eigenen Enge, aus der Alltäglichkeit und festgefügten Ordnung, hin zu der Quelle unserer Kraft und unseres Mutes und unserer Hoffnung, hin zu uns selbst.

Welche Empfindungen habe ich beim Lesen dieser Zeilen?

16/5

Auf dem Weg sein, hat für jeden eine eigene Bedeutung, einen anderen Ausgangspunkt, eine persönliche Richtung und eine eigene Gangart.
Naturgemäß ist unser Weg immer auch ein Weg der Reifung.

Ich frage mich, welche Vorstellungen verbinden sich für mich mit der Aussage: »Auf dem Weg sein«?

Welche Wegerfahrungen habe ich gemacht? Worauf hoffe ich?

16/6

Vertrauen und die Freude darauf, was es als Schätze unterwegs zu entdecken und zu gewinnen gibt, machen den Weg fruchtbar.

Wie kann ich mich darauf vorbereiten?

16/7

Der Weg zum Ziel der Selbstwerdung ist nicht der gerade und nächste Weg.
Er führt vielmehr über Umwege auch über Irrwege und durch Sackgassen.

16/8

Stagnation und so genannte Wüstenzeiten gehören zum Weg des Wachstums.
In Zeiten der Stagnation stellen wir uns jedoch schnell die Frage: »Lohnen sich die Bemühungen des Weges überhaupt? Soll ich nicht lieber beim Altbekannten stehen bleiben?«

Hilfreich ist dann die Erinnerung an den Spruch: »Höre nie auf anzufangen und fange nie an aufzuhören.«

16/9

Aufbruch verlangt die Bereitschaft, Vertrauen- und Sicherheitsgewährendes zu verlassen und sich auf Neues, Unbekanntes einzulassen.

Wie steht es dabei um meine Bereitschaft?

Was müsste ich verbessern?

16/10

Wenn ich meinen Lebensweg nachvollziehe, was erkenne ich dann für mein Leben heute, welche alten Botschaften bestimmen mich heute noch?

Wie verhalte ich mich gegenüber meiner Lebensgeschichte?

16/11

Kann ich in meinem Leben einen »roten Faden«, den Sinn meines bisherigen Lebens, erkennen?

Beschreiben Sie ihn.

16/12

Wer beeinflusst meinen Lebensweg stark?

Ist das zu meinem Besten?

Was ist nicht zu meinem Besten?

16/13

Bin ich ein kurzatmiger Schnellläufer oder ein durchhaltender Dauermarschierer?

Welche Verhaltensweise ist mir dienlicher?

Was will ich umstellen?

16/14

Was trübt meinen Blick, warum kann ich die Schönheit des Weges nicht voll wahrnehmen?

Wozu will ich mich aufraffen?

16/15

Welche Weggefährten habe ich?

Gute und zuverlässige Menschen?

Auf welche Wegweiser verlasse ich mich, auf welche nicht?

16/16

Bei einem guten Wanderer arbeiten Kopf und Herz/Gefühl gut zusammen.

Wie ist es bei mir?

Wer gibt die Richtung vor?

16/17

Den Dreier-Rhythmus erkennen: »Anfangen – Bleiben – Lassen«.

Welcher Schritt fällt mir leicht, welcher schwer?

Warum fällt es mir schwer?

Worin besteht das Besondere des einzelnen Schrittes?

16/18

Kann ich mit meinem inneren Kompass umgehen?

Laufe ich lieber drauflos oder anderen hinterher?

Welche Erfahrungen habe ich dabei gemacht?

16/19

Wie ist meine Einstellung zu Umwegen, Irrwegen und Sackgassen?

Wie zu Trampelpfaden?

16/20

Bin ich auf einen Weg festgelegt, oder bin ich offen, andere Wege auszuprobieren?

Wovor schrecke ich zurück?

Was behindert mich?

16/21

Wenn ich zu viel Gepäck mit mir herumschleppe, komme ich nicht vom Fleck.

Was kann ich an Unnützem ablegen, um mir den Weg zu erleichtern?

16/22

Was oder wer will mich in eine für mich schädliche Richtung zwingen?

Was will ich dagegen tun?

16/23

Ich will nach vorn gehen, was aber hindert mich, womit behindere ich mich tatsächlich?

Was kann ich ändern?

16/24

Welche Stimmen von außen wollen mich von meinem Weg abbringen?

Welche inneren Hindernisse tun sich auf, um den Weg zu ändern?

Wie gehe ich mit diesen Stimmen um?

16/25 Wie gehe ich mit Zeiten des »Stillstands« um?
Was lösen diese Zeiten bei mir aus?

16/26 Was gibt mir die Gewissheit, dass es mein Weg ist, der für mich förderlich ist?
Woran erkenne ich die Richtigkeit des Weges für mich?

16/27 **Was bedeutet für mich »Auf dem Weg sein«?**
Was gibt meinem Weg die Richtung?
Wie erlebe ich meinen Weg?

16/28 **Wege – Welche Wege bin ich gegangen?**

Lange Wege bin ich gegangen durch Raum und Zeit.
Geliebte Wege bin ich gegangen in Freude und Seligkeit.
Breite Straßen bin ich entlang gezogen, die Welt zu entdecken,
mit dem Unbekannten vertraut zu werden.
Enge Pfade gab es im Leben, nur nach vorn gewandt konnte ich sie sicher beschreiten.
Schwere Wege bin ich gegangen, Lasten lagen auf meinen Schultern.
Dunkle Wege bin ich gegangen, lichtlos, finster ohne Richtung und Ziel.
Weglosigkeit gab es in meinem Leben, auch Ausweglosigkeit.
Einsame Wege bin ich gegangen, voller Erwartung und Hoffnung auf Erfüllung.
Gemeinsame Wege bin ich gegangen, aufeinander angewiesen, miteinander verbunden. Viele Wege liegen nun schon hinter mir, die kommenden Wege kann ich in Ruhe erwarten, denn alle Wegerfahrungen haben mich bereit gemacht!

Was sagt mir der Text über meine Wege?

16/29 **Viele brechen nur scheinbar auf**, sie tragen nur ein Gespenst ihres Selbst mit sich fort. So bilden sie sich eine künstliche Persönlichkeit, eine ausgeliehene, die sie aus Nachahmung und aus Büchern formen. Sie bleiben aber ein Schatten ihres Selbst. Wenn wir uns nicht mit allem, mit Leib und Seele, dem wirklichen Leben aussetzen, bleiben wir eine ausgeliehene Persönlichkeit. Das sollte nicht Ziel des Weges sein!

Was heißt das für mich?

Was ist bei mir notwendig um dieser Fehlentwicklung zu entgehen?

16/30

Wenn wir uns als Pilger betrachten, sind die Gedanken von Eugen Drewermann, über die Gefährdung unserer Menschlichkeit, bedenkenswert:

Äußerlich beruhigt, in jeder äußeren Lebensnotdurft wohlversorgt, wohlabgesättigt, wohlabgefüttert mit allem, was das Herz begehrt, vollgestopft mit materiellem Krimskrams bis zum Äußersten und dennoch so, dass es sich wie eine immer schwerer werdende bleierne Deckschicht grau und erstickend über unsere Seele legt. Vor lauter Sorgen und Besorgungen im Alltäglichen stehen wir in der Gefahr, immer mehr zu vergessen, wer wir eigentlich sind und was wirklich in uns leben könnte.

Was tue ich, um nicht in diese Gefahr zu geraten?

16/31

Reflexionen über meinen Weg

Wenn ich innehalte und meinen bisherigen Berufs-/Lebensweg betrachte, wofür kann ich besonders dankbar sein?

Worin bin ich gestärkt worden?

Woran bin ich gewachsen?

Was habe ich unterwegs neu entdeckt/neu sehen gelernt?

Wo habe ich Zweifel gehabt und habe dennoch nicht aufgegeben?

Resümee

Was war für mich das besonders Wertvolle dieses Kapitels (neue Einsichten – Aha-Erlebnis, tiefere Berührung, Verstärkung)?

Welche Schlussfolgerungen ziehe ich daraus?

Was sind die nächsten (kleinen) Schritte bei der Umsetzung in meinem Leben/Beruf?

Zum guten Schluss

Wie weit bin ich in meiner Entfaltung?

Wie gelingt es mir heute:

- ☐ Einen geregelten Tagesablauf einzuhalten.
- ☐ Realistische Ziele zu setzen und zu erreichen.
- ☐ Persönliche Fürsorge zu treffen.
- ☐ Für mich und für andere Grenzen zu setzen und einzuhalten.
- ☐ Angemessene Entscheidungen zu treffen.
- ☐ Probleme konstruktiv zu lösen.
- ☐ Freie Entscheidungen über mein Verhalten zu treffen.
- ☐ Anzunehmen, auch das Unliebsame, statt zu verdrängen.
- ☐ Andere nicht zu kontrollieren und mich von ihnen kontrolliert zu fühlen.
- ☐ Offen für konstruktive Kritik und Rückmeldung zu sein.
- ☐ Frei zu sein von übertriebener Kritik, sowohl an mir als auch an anderen.
- ☐ Dankbarkeit anstelle von Selbstmitleid und dem Gefühl der Benachteiligung.
- ☐ Verantwortungsvolle finanzielle Entscheidungen zu treffen.
- ☐ Eine gesunde und ausgewogene Ernährung.
- ☐ Weder zu fliehen noch auszuweichen.
- ☐ Selbstverantwortung, nicht die anderen zum Sündenbock zu machen.
- ☐ Wünsche und Bedürfnisse zu benennen.
- ☐ Mich nicht als Opfer zu sehen.
- ☐ Weitgehend frei von Angst und Unsicherheit zu sein.
- ☐ Weitgehend frei von Schuld und Scham zu sein.
- ☐ Weitgehend frei von Ängsten und Zwängen zu sein.
- ☐ Mich nicht übertrieben verantwortlich für andere zu fühlen.
- ☐ Mir selbst zu vertrauen und mich wertzuschätzen.
- ☐ Richtig zu entscheiden, wem Vertrauen zu schenken ist.
- ☐ Klarheit und Harmonie im Denken; logisches Denken.
- ☐ Angemessener Umgang mit Gefühlen, einschließlich Wut.
- ☐ Angemessen offen zu sein.
- ☐ Vernünftige Erwartungen an mich und andere zu stellen.
- ☐ Andere zu brauchen, nicht zu gebrauchen.
- ☐ Mich bei mir selbst sicher zu fühlen (Selbstbewusstsein).
- ☐ Mich klar, direkt und ehrlich mitzuteilen.
- ☐ Ausgeglichene Stimmung zu haben.
- ☐ Kontakt zu Freunden aufrechterhalten zu können.
- ☐ Mich anderen verbunden und nahe zu fühlen, statt einsam und isoliert zu sein.
- ☐ Gesunde Ansichten zu haben; das Leben ist lebenswert.
- ☐ Alkohol und Medikamente nicht zur Lebensbewältigung zu missbrauchen.
- ☐ Spaß haben zu können und bei Freizeitaktivitäten zu entspannen.
- ☐ Spaß an der täglichen Arbeit zu haben.
- ☐ Mir und anderen eine angemessene Rückmeldung zu geben.
- ☐ An positive Rückmeldungen zu glauben.

1 - sehr gut 2 - gut 3 - mäßig gut 4 - schlecht

Was bleibt für mich zu tun?